Marc Buth · Ibs' Welt

AF237354

Über dieses Buch

Konstantin Ibersberger, genannt »Ibs«, muss sich in der
Firma mit Budgetplanung, langweiligen Meetings und Um-
strukturierungen auseinandersetzen. Dabei plaudert er viel
lieber mit seinem besten Freund Stefan oder gibt sich der
Melancholie eines Klassentreffens hin. Ibs ist ein Beobach-
ter, Flaneur und Tagträumer – so vergeht keine Geschichte,
in der ihn nicht irgendetwas zum Nachdenken bringt oder
ihm das kleine Glück im Alltag begegnet.

Marc Buth, geboren in Karlsruhe, war in unterschiedlichen Positionen bei Schnapsproduzenten, Banken, Lea-
singgesellschaften, Weinhändlern und als Hersteller von
Mähroboter-Garagen tätig. Schon früh begann er, über die
typischen Situationen in Unternehmen zu schreiben, wie
sie Millionen Menschen jeden Tag aufs Neue erleben, und
gehört damit zu den bekanntesten Vertretern der IAS-Lite-
ratur (Identification and Sympathy). Seine Bücher wurden
in keine Sprachen übersetzt und unter anderem mit dem
Edgar-Schmitt-Preis und dem Oleander-Award ausgezeich-
net. Marc Buth lebt heute in Bad Homburg und Brindisi.

Marc Buth

IBS' WELT

Budgetplanung, Klassentreffen und andere Geschichten

Bibliografische Informationen der Deutschen Nationalbibliothek: Die Deutsche Nationalbibliothek verzeichnet
diese Publikation in der Deutschen Nationalbibliografie;
detaillierte bibliografische Daten sind im Internet über
dnb.dnb.de abrufbar.

© 2021 Marc Buth
Layout, Satz & Umschlagsgestaltung:
Die BUCHPROFIS der Buch&media GmbH, München
Herstellung und Verlag:
BoD – Books on Demand, Norderstedt

ISBN: 978-3-7543-0890-5

»Man muss sich auch mal
zum Deppen machen!«

Konstantin Ibersberger

INHALT

DER AUFSCHWUNG
IST DA

Mach ma wie immer, oder?«, fragte Herr Agouri.

Ibs sah sich im Spiegel nicken und lächelte. Dieses Ritual wiederholte sich alle paar Wochen, meistens an einem Samstagmorgen. Selbst nach seinem Umzug wäre es ihm nicht eingefallen, den Friseur zu wechseln. Herr Agouri wusste, was er zu tun hatte, und brauchte keine langen Erklärungen. Außerdem war Ibs ab und zu ganz gerne im alten Viertel und immer aufs Neue erstaunt, wie viel sich schon wieder verändert hatte. Geschäfte schlossen, andere eröffneten neu. Ein ständiger Wandel, der ihm vorher nie aufgefallen war, als er noch jeden Tag die Pariser Straße entlangging. Was früher ewig gleich und eingefahren schien, veränderte sich aus der Distanz betrachtet mit beachtlichem Tempo. Je mehr man drinsteckt, desto weniger nimmt man wahr, dachte er.

Er hatte Herrn Agouri damals gleich in der zweiten Woche entdeckt, nachdem die neue Wohnung einigermaßen eingerichtet und die Bäcker-, Getränke-, Zeitungsversorgung geklärt war. Der aus den Achtzigern übrig gebliebene Name *Friseursalon 2000* und die selbst gezimmerte Einrichtung versprachen einen Haarschnitt, keine Frisur. Also trat Ibs ein – und war seither geblieben.

Herr Agouri stammte aus Marokko, eine gängige Nationalität unter den hiesigen Friseuren. Manchmal war er im hinteren Raum verschwunden, um zu beten, und kam nach ein paar Minuten mit einem entschuldigenden Lächeln zurück in den Salon. Ibs hatte von ihm mindestens so viel über den Islam gelernt wie aus dem Fernsehen oder der Zeitung. Beiläufig und über die Jahre. Herr Agouri war kein Eiferer, aber man merkte, dass die Religion Teil seines Lebens war. Wie der Kaffee, das Lottospiel und die ständigen Gebrauchtwagenkäufe für seine Familie (»Mir fahre nur VW!«).

»Unn? Was macht die Arbeit? Alles okay?« Herr Agouri sah ihn im Spiegel an, während er sein Haar in Position kämmte.

»Na ja, geht so.« Ibs verzog den Mund. »Aus meiner Sicht läuft's ganz gut und viel zu tun ist auch, aber unsere Chefs sind natürlich nicht so zufrieden.«

»Chefs sinn nie zufriede. Des dürfe die glaub ich

gar ned, gä?« Herr Agouri hob kurz den Kopf und grinste.

»Ja, wahrscheinlich.« Ibs nickte. Er dachte an die letzte Rundmail des Vorstandsvorsitzenden Pranger an die »lieben Mitarbeiterinnen und Mitarbeiter« zu den aktuellen Halbjahreszahlen. Zwar seien die deutlich besser als vor zwölf Monaten, aber doch unter Plan. Man dürfe sich außerdem nicht täuschen lassen, denn mit einer spürbaren Besserung der Gesamtwirtschaft könne man frühestens in ein bis zwei Jahren rechnen. Deshalb zähle er auch weiterhin auf das hohe Engagement von jedem Einzelnen. Dass unter diesen Voraussetzungen auf der Kostenseite keine großen Sprünge möglich seien, verstehe sich von selbst. Und so weiter, und so weiter. Herr Agouri hatte mit seiner Chef-Einschätzung also definitiv recht, dachte er.

Eigentlich wollte er schon längst einen Termin mit seinem Bereichsleiter Reisinger vereinbaren und nach einer Gehaltserhöhung fragen. Seit mehr als drei Jahren hatte sich in dieser Hinsicht nämlich nichts mehr getan. Aber nach der Mail des Vorstands hatte er den Gedanken gleich wieder fallen lassen.

Weil sein Salon nicht wirklich viel abwarf, hatte Herr Agouri über die Jahre einen ganzen Bauchladen an Geschäftsideen entwickelt, von der Imbissbude auf der Königsstraße (»Da wird ma ganz bestimmt reich!«), über einen deutsch-afrikanischen Handel mit abgefahrenen Reifen (»Die könne damit noch mindestens drei Jahr fahre!«) bis zum Immobilienmakler an der marokkanischen Küste (»Mein Vater kennt dort einen!«). Geblieben war er Friseur. Nur den eigenen *Friseursalon 2000* hatte er aufgegeben, und mit ihm seine Geldsorgen und den Bedarf an neuen Geschäftsideen. Inzwischen arbeitete er angestellt und als einziger Mann im *CutCats* und fühlte sich inmitten seiner fast zehn Kolleginnen sichtlich wohl. Ibs freute sich für ihn, nur die Geschäftsideen vermisste er manchmal.

»Spanien is auch okay, aber ich bin eher für die Holländer.«

»Echt? Warum das denn?« Ibs war gespannt. Die Erklärungen von Herrn Agouri hatten es meistens in sich und wichen oft fundamental von seiner deutschen Logik ab. Zum Beispiel wäre für ihn ein holländischer WM-Triumph morgen die Katastrophe schlechthin.

Herr Agouri wurde sachlich: »Zum einen is der Pokal dann ned so weit weg. Holland is ja ned weit und deshalb wär der Pokal ja fast hier.«

Ibs grinste ihn an. Das war wieder so ein Ding.

Für den Nordafrikaner wog die Rivalität zwischen den Völkern Cruyffs und Beckenbauers nichts. Stattdessen zählte, dass man den Weltpokal mit einem strammen Fußmarsch erreichen könnte.

»Unn außerdem spiele bei Holland zwei Marokkaner. Boulahrouz kommt aus meiner Stadt. Der is auch Berber wie ich. Und wenn die gewinne, is des so, als ob ma selbst die Hand am Pokal hat. Oder? Dann hat ma irgendwie auch mitgewonne, gä?«

Das war stark, fand Ibs. Mit dieser Einstellung ließen sich die eigenen Erfolgserlebnisse schlagartig vervielfachen. Und Neid wäre fast kein Thema mehr.

Friseure im Allgemeinen und Herr Agouri im Besonderen besaßen nach Ibs' Ansicht unentdecktes Potenzial für die Wirtschaftswissenschaften – als Indikator der Binnenkonjunktur nämlich. Wem das Geld nicht mehr so locker sitzt, war er überzeugt, der verschiebt seinen nächsten Friseurbesuch oder nötigt seine Frau, Hand anzulegen. Ibs dachte mit Schaudern an seine Selbstversuche in der Studentenzeit. Vor allem an Verenas »Scheiße! Du siehst aus wie ein KZ-Häftling!«, nachdem er seine Haare mit dem Elektrorasierer bearbeitet hatte. Allerdings schränkte er seine Indikator-Theorie irgendwann auf Herrenfriseure ein. Für Frauen waren vorzeigbare Haare deutlich wichtiger als für die meisten Männer. Entsprechend kam der Damenfriseur selbst bei schmalerem Haushaltsgeld ungeschoren davon. Die Geschäftsentwicklung bei Herrn Agouri wies dagegen treffsicher auf die allgemeine Wirtschaftskraft der kommenden Monate hin.

Ibs gefiel der Gedanke, dass die Befragung eines marokkanischen Friseurs bessere Ergebnisse liefern könnte als die komplexen Modelle der Wirtschaftsforscher. Immerhin wirkten die noch ernsthaft bemüht, die Wirtschaftswelt den Laien transparent zu machen. Unerträglich fand er jedoch die Börsenexperten der Banken. Jede Nachrichtensendung hielt sich so einen, damit er dem Zuschauer einen Ausschlag des Aktienindex erklärte. Dazu reichte in der Regel ein übersichtliches Potpourri aus Ölpreis, Euroentwicklung, US-Notenbank und China. Hinterher wussten die sowieso immer alles besser.

Alexander meinte neulich, einer von diesen Typen habe mit ihm Abitur gemacht: »Der las in den Pausen immer Handelsblatt und auf seinem Samsonite-Koffer war ein *Junge Union*-Aufkleber. Dafür war er bei den Mädels so angesagt wie ein Acker in Gorleben.« Wahrscheinlich hatte sich das dank Fernsehprominenz und Platinkarte inzwischen geändert.

In zwei Wochen wollte Herr Agouri seinen Vater in Marokko besuchen. Der hatte vor Kurzem einen Schlaganfall erlitten und musste nun das Gehen wieder üben.

»Gibt es dort eine Klinik?«, wollte Ibs wissen.

»Nein, nein. Meine Schwester is jetzt da und läuft mit ihm.«

Ibs dachte an seine Eltern und was er tun würde. Jahrelang waren Alter und Gesundheit nie ein Thema gewesen, aber seit einiger Zeit gab es einige Anzeichen: Die übliche Spazierrunde dauerte fünf Minuten länger, am Telefon war von Arztbesuchen die Rede und mit dem Baumschnitt nahmen sie es auch nicht mehr so genau. Er beschloss, gleich nachher oder morgen mit Katarina, seiner Schwester, zu telefonieren. Sie wohnte in der Nähe der Eltern und traf sich regelmäßig mit ihnen. Außerdem können Frauen so etwas ohnehin besser einschätzen, war er überzeugt.

»So ok?« Herr Agouri hielt den Handspiegel, damit Ibs seinen Hinterkopf sehen konnte.

Ibs schaute betont aufmerksam. Das gehörte zum Ritual und er wollte in dieser Beziehung kein Spielverderber sein. »Sehr schön. Vielen Dank.«

»Alles klar.« Herr Agouri lächelte. »Heute bleibt's bestimmt schön. Aber ich hab sowieso noch bis heut Abend Termine.«

»Echt? So viel los?« Ibs drehte den Kopf in Richtung Sitzgruppe. Sie war tatsächlich voll besetzt.

Herr Agouri hob die Hände und strahlte. »Ja, der ganze Juli schon. Ich weiß auch ned. Aber besser so als anders, gä?«

Ibs bezahlte und warf zwei Euro in Herrn Agouris Sparschwein. Über das Schwein freute er sich jedes Mal. Auch eine Form von Integration, dachte er.

Zum Abschied gaben sie sich die Hand und Ibs trat auf die Straße. Die Sonne stand jetzt über den Dächern und spiegelte sich in den geparkten Autos. Auf der Pariser Straße war das Einkaufstreiben schon in vollem Gange. Er reihte sich in die Menge der Fußgänger ein und betrachtete im Vorbeigehen die Geschäfte. Nächste Woche vereinbare ich einen Termin mit Reisinger, nahm er sich vor. Seine letzte Gehaltserhöhung war nämlich schon viel zu lange her.

BULLSHIT

Ibs sah sich um. Er war spät dran und im großen Konferenzraum waren viele Plätze bereits
mit Taschen oder anderem Kram belegt. Vor der
Leinwand fummelten Marketingchef Wellmeyer
und Cornelia Fricke von der Unternehmenskommunikation an einem Notebook herum. An der
Fensterseite hatten sich kleine Gruppen gebildet,
deren Unterhaltungen den Raum füllten. Eine
Besprechung mit dem gesamten Projektteam inklusive beider Vorstände war traditionell »Dunk-
ler-Anzug-Tag«, entsprechend uniform sahen die
meisten aus. Nur wenige tanzten aus der Reihe,
zwei von der IT etwa, mit T-Shirt und Kapuzenja-
cke. Ibs hatte sich für Jeans und Sportsakko entschieden.

Er entdeckte Alexander, der bei Dollinger und
Frau Mechtl stand. Alexander hatte ihn bereits bemerkt, denn kaum blickte Ibs in seine Richtung,
hob er kurz den Daumen. Ibs grinste und tat es

ihm gleich. Fast immer, wenn sie gemeinsam an einem großen Meeting teilnahmen, spielten sie »Bullshit-Bingo«. Heute natürlich erst recht und der erhobene Daumen bedeutete, dass jeder die Schlagwörter des anderen erhalten hatte. Ibs hatte seine fünf diesmal besonders sorgfältig und unter Abwägung aller Redner gewählt. Die letzten drei Runden, und damit fünfzehn Euro, hatte nämlich Alexander gewonnen. Diese Serie galt es heute zu beenden!

Ibs suchte nach einem freien Platz im hinteren Drittel des Konfis. Die Stühle am Rand waren alle bereits vergeben und damit schwand die Chance auf einen unauffälligen Toilettengang später. Ein klarer taktischer Nachteil! Er verfluchte bereits die drei Tassen Kaffee, die er vorhin zum Frühstück hatte.

»Einen wunderschönen guten Morgen!« Der Vorstandsvorsitzende Pranger war eingetreten und nickte, in seiner herrschaftlichen Art, Richtung Fensterseite. Dicht hinter ihm der zweite Vorstand, Dr. Grasshoff. Die beiden gingen zu Wellmeyer und Cornelia Fricke und begrüßten sie mit Handschlag. Frau Fricke natürlich zuerst, schließlich war man nicht nur Macher, sondern auch Kavalier. Vor den Fenstern beendeten die Gruppen ihre Gespräche und durch die offenen Türen strömten jetzt die herein, die im Flur gewartet hatten.

»Oh, hallo, Herr Kollege, na?« Yvonne Meininger lächelte ihn an.

»Hallo, Yvonne, na?« Ibs freute sich über seine glückliche Platzwahl. Yvonne sah wie immer klasse aus. Sie griff sich ihren Schreibblock und setzte sich auf den Platz rechts von ihm. Neben ihr bildete der dicke König den Reihenabschluss. Ausgerechnet der, dachte Ibs. Der ächzt wieder die ganze Zeit vor sich hin und wenn man nachher mal raus muss, kommt man nicht vorbei. Ihm fiel wieder der Kaffee ein.

»Und? Bist du schon gespannt?«, fragte ihn Yvonne.

»Na ja, geht so. ›Schau ma mal.‹ Und du?« Er bereute die dämliche Beckenbauer-Floskel sofort, aber Yvonne schien sie ihm nicht übel zu nehmen. Jedenfalls behielt sie ihr Lächeln und nickte.

Inzwischen stand vorne nur noch Pranger, die linke Hand in der Hosentasche, und wartete, bis die letzten Gespräche verebbt waren. »Meine Damen, meine Herren, ich darf Sie heute Morgen zu unserem Kick-off für das Projekt *LUNA* begrüßen.« Pranger war noch ein Vorstand der alten Schule. Seit über dreißig Jahren im Unternehmen, hatte er mit der Zeit alle möglichen Positionen durchlaufen. Seine großväterliche Art täuschte ein wenig darüber hinweg, dass er das Unternehmen autoritär führte. Grasshoffs

Berufung in den Vorstand hatte daran nichts geändert. In den letzten Jahren hatte Pranger begonnen, sich gesellschaftlich zu engagieren, was
in seinem Fall vor allem ein Aufsichtsratsmandat
beim FC meinte. Das brachte ihm hin und wieder ein Foto in der Zeitung, meist in der zweiten
Reihe hinter dem Präsidenten und einer Neu-
verpflichtung, aber mit dem breitesten Grinsen.
Pranger gefiel sich im Dunstkreis der Prominenz.
»... denn *am Ende des Tages* ist es nun mal der
Markt, der uns die Regeln vorgibt«, räsonierte er
jetzt.

Am Ende des Tages war Ibs' erstes richtiges
Schlagwort. Das fängt ja gut an, freute er sich. Aber
warum verbreiten sich manche Phrasen eigentlich
über das ganze Land – und andere nicht? Ob darüber mal einer nachgedacht hat? Und natürlich
müsste es ja eine Art Urheberschaft geben, den
allerersten *Am Ende des Tages*-Sager. Ob der das
weiß? Ibs nahm sich vor, gleich nachher im Internet zu recherchieren.

»... Herr Wellmeyer wird Ihnen jetzt die Markt-
situation in den relevanten Segmenten erläutern
und die *Concept*-Studie *highlighten*.« Pranger
machte eine einladende Handbewegung in Richtung Wellmeyer und setzte sich dann neben
Grasshoff.

Mist. *Highlighten* war Alexander. Eins-eins.

Pranger hatte geliefert, das musste man ihm lassen.

Wellmeyer bedankte sich für die Einleitung. Der Marketingleiter schien einmal mehr eine neue Brille zu tragen. Das Image des Kreativen war ihm heilig und zu dem gehörten, neben einer trendigen Brille, sein wallendes, angegrautes Haar und die leuchtende Krawatte auf weißem Hemd. Bis vor ein paar Jahren war Wellmeyer immer Volvo oder Saab gefahren. Aber irgendwann zwängte ihn die neue Dienstwagenordnung in einen Ford Focus. Mit so etwas musste man erst einmal fertigwerden, fand Ibs. Ihm fiel eine Art Freundschaftsbändchen an Wellmeyers Handgelenk auf. Es war grün. Bestimmt wieder so eine Solidaritätsgeschichte. Vielleicht für die iranische Oppositionsbewegung oder den Berggorilla oder Nachhaltigkeit? Vor allem unterstreicht das ja immer die eigene aufrechte Haltung. Also: gleich noch eine Internet-Recherche, beschloss er.

Apropos aufrechte Haltung ... Ibs fielen in diesem Zusammenhang die *St. Pauli-Retter*-Shirts ein, mit denen damals gerne auch die Hamburger Bildungsbürger herumliefen. Endlich konnte man zeigen, dass trotz der schicken Eigentumswohnung, dem Kombi und dem Dänemarkurlaub ein unangepasster Anarcho in einem steckte. Genau betrachtet war es ein Dilemma: Darf man die

Dauermedienpräsenz von U2-Bono nervig finden, wenn er damit Millionen für die Ärmsten sammelt? Wahrscheinlich nicht.

Während Wellmeyer die Produkte der Konkurrenz analysierte, betrachtete Ibs unauffällig Yvonnes Beine. Der enge Rock endete über ihrem Knie und wegen ihrer hohen Schuhe zeichneten sich die Wadenmuskeln unter der dunklen Strumpfhose ab. Oder trug sie vielleicht sogar Strümpfe, die irgendwo am Oberschenkel …

»Was bedeutet denn das Armbändchen?«, flüsterte sie plötzlich.

Ibs erschreckte sich ein bisschen, als sie ihn an der Hand stupste. »Hm?«

»Ob du weißt, was das für ein Bändchen an seinem Arm ist?«

Ihr Gesicht war jetzt ganz nah. Er atmete den Duft ihrer Haut ein und sogar eine Haarsträhne spürte er an seiner Wange. Am liebsten hätte er die Augen geschlossen, riss sich aber zusammen. »Er ist gegen Ahmadinedschad!«

Yvonne lachte leise auf und schüttelte amüsiert den Kopf. Ibs kniff die Lippen zusammen und freute sich. Gut, wenn man vorbereitet ist, dachte er.

»Auf dem nächsten Slide sehen Sie die Veränderung der *WBK* nach Einführung von *PlusC*.« Wellmeyer drückte seine Funkmaus.

»Slide!« Warum verwenden vor allem DIE Leute

ständig Anglizismen, die nachweislich kein Englisch können? Ibs hatte das schon oft beobachtet und Wellmeyer war mit seinen »Slides«, »Learnings«, »Benchmarks« und »Issues« ganz vorne mit dabei. In der Lobby hatte er ihn einmal mit einer ausländischen Gruppe derart radebrechen gehört, dass es ihn vor lauter Fremdschämen geschüttelt hatte. Und Elke, eine Kollegin aus dem Marketing, wusste von einer Sitzung zu berichten, in der Wellmeyer mit »you have to declare it!« einem verdutzten Italiener riet, den Kunden das komplizierte Produkt genau zu erklären, und sie hinterher hofften, der arme Mann würde nicht gleich zur nächsten Zollstation laufen.

Als nach einer guten Stunde Projektleiter Schillinger von Vertriebsleiter Krotz die Funkmaus übernahm, begannen wieder die ersten, ihre Blackberrys zu checken. Ibs störte dieses Getue, aber da Pranger selbst zu den eifrigsten Checkern gehörte, konnte man vom Rest wohl nicht mehr erwarten. Selbst der dicke König scrollte sich gerade eine Blase in den Daumen. Dass man mit solchen Fingern überhaupt eine einzelne Taste treffen konnte, grenzte an ein Wunder. Eigentlich war der ganze Anblick grotesk! Dieser Riesenkerl mit der *Dr. Müller-Wohlfahrt*-Frisur und seiner Miniaturtechnik in den Pranken. Ibs hatte den

Kopf auf die Hand gestützt und sah ihm abwesend über Yvonnes Rock hinweg zu.

»Der Zeitplan ist zugegebenermaßen *sportlich*, aber Sie alle wissen um die Priorität von *LUNA*«, deklamierte Schillinger gerade.

Sportlich, das war wieder sein Punkt! Vier-zwei, nachdem Wellmeyer *dieses Thema müssen wir noch schärfen* und *challengen* beigesteuert hatte. *Challengen* stand auch bei Alexander auf dem Zettel. Das sah doch ganz gut aus! Allerdings hätte Ibs' fünftes Schlagwort – *da geht einem das Herz auf!* – eigentlich Krotz liefern sollen. Hatte er aber nicht. Ein »Bullshit Royale«, also alle fünf Schlagwörter, würde den sofortigen K.o. und zwanzig Euro bedeuten. Das hatte aber seit Ewigkeiten keiner mehr geschafft. Immerhin schien ihm der Sieg nach Punkten sicher.

Auf dem Weg zur Toilette stieß er beinahe mit van Marwijk von der IT zusammen, der gleich draußen hinter der Tür an der Wand lehnte und telefonierte. Auf Holländisch, also privat. Sie nickten sich lächelnd zu. Van Marwijk hatte sich schon vor fünf Minuten aus dem Besprechungszimmer gestohlen. Bei der letzten WM wurde seine Kleidung mit jedem Sieg der Holländer orangefarbener. Am Freitag vor dem Finale war er schließlich im Trikot und mit Perücke angerückt. Man muss sich für die eigenen Prioritäten auch mal zum Deppen machen, fand Ibs.

Er hatte es blasentechnisch irgendwann nicht mehr ausgehalten und sich notgedrungen an Yvonne und König vorbeigezwängt. König musste am Ende sogar aufstehen, weil an seinen Kürbisknien einfach kein Durchkommen war. Das ging natürlich nicht ohne Getöse. Zum einen wegen der schieren Masse, die nach oben gewuchtet werden musste. Zum anderen fiel König seine offene Schreibmappe von den Schenkeln, in der er wohl den kompletten Buntstiftsatz von *Faber-Castell* aufbewahrt hatte. Schillinger unterbrach daraufhin seinen Vortrag, damit ihnen auch wirklich jeder die ungeteilte Aufmerksamkeit schenken konnte. Zurück würde er jedenfalls die Gangseite nehmen, schwor sich Ibs, selbst wenn man damit für einen Moment voll auf dem Präsentierteller stand.

An den Spiegeln hinter den Waschbecken klebten nach wie vor die Anleitungen zum korrekten Händewaschen. Überbleibsel der letzten Schweine- oder Vogelgrippepanik. Ibs hatte sich damals gegen eine Impfung entschieden. Vor allem, weil die Landesregierung containerweise Impfstoff geordert hatte und danach bei jeder Gelegenheit zur Impfung riet. So etwas machte ihn immer misstrauisch.

Wieder zurück nahm er nun die hintere Tür zum Konferenzraum. Anscheinend war die Diskussionsrunde bereits eröffnet, denn schon beim Eintreten hörte er Horst Brauners Nölerei. Wie üblich hielt Brauner beim Reden die Arme verschränkt und wippte mit dem Oberkörper. Dabei sah er Schillinger stirnrunzelnd an. Der hatte die rechte Hand am Kinn und mimte den aufmerksamen Zuhörer. Leute wie Brauner würde Ibs umgehend ins »Facility Management« versetzen. Dort war dann mal wirklich alles scheiße.

Als Ibs in den Mittelgang bog, bemerkte ihn Schillinger: »Bestimmt gibt es dazu auch noch andere Meinungen? Herr Ibersberger, weil ich Sie gerade seh' ...« Prusten und Kichern von links und rechts. »Wie finden Sie es denn, dass wir uns das Thema endlich vorgenommen haben?« Dazu machte Schillinger eine einladende Handbewegung und lächelte.

Ibs blieb auf Höhe der drittletzten Reihe stehen. Alle Blicke waren jetzt auf ihn gerichtet. Selbst Pranger und Grasshoff hatten sich umgedreht. Er fuhr sich mit der Hand durchs Haar und zog die Lippen kurz ein. Und nach einem weiteren Moment sagte er: »Ich find's ehrlich gesagt super. Doch ... *da geht einem das Herz auf!*«

Schillinger schob die Unterlippe vor, nickte militärisch und grinste dann. Einige lachten und verdrehten die Augen. Ibs nutzte die kleine Unruhe, um sich auf seinen Platz zu schlängeln. Dort erwartete ihn Yvonnes verwunderter Blick. Ihre Strähne an seiner Stirn fühlte sich gut an, als er ihr ins Ohr flüsterte: »Man muss sich auch mal zum Deppen machen!« Erst recht für zwanzig Euro.

WOCHENEND-
GEDANKEN

Der *CityShop* am Ronneplatz war gut besucht, wie immer an einem Samstagmorgen. Draußen regnete es und die hellbraunen Fliesen in der Obst- und Gemüseabteilung waren übersät mit Schuhabdrücken. Ibs schaute auf seinen Zettel. Für gewöhnlich mochte er die Routine des Wochenendeinkaufs, mit dem Italopop aus den Lautsprechern und dem Abarbeiten der Einkaufsliste. Doch heute war er nicht recht bei der Sache. Seine Gedanken kreisten um die gestrige *Edifact*-Projektsitzung und Schmidts blödem Kommentar zu seinem Vorschlag. Sicher, die Idee war bestimmt nicht seine »best idea ever« gewesen, aber jetzt ärgerte er sich vor allem über Schmidt – und über sich selbst, weil er sogar am Wochenende ans Büro dachte und sich die Laune vermiesen ließ.

Nachdem er das Regal zum dritten Mal abgesucht hatte, wurde es zur traurigen Gewissheit: Sie war nicht mehr da! Offenbar hatte sich seine Lieblingsmarmelade »Mamas Original« dem Preisdruck des *CityShops* nicht länger gebeugt und war deshalb aus dem Sortiment geflogen. »Ausgelistet« nannten die das.

Ibs rieb sich den Nacken und zog eine Grimasse. Er hatte keine Lust, eine andere Marmelade auszusuchen. Stattdessen fragte er sich, wie viele Produkte er wohl gar nicht erst zu Gesicht bekam, weil sie bei *CityShop* nie auf der Liste standen. Das war auch eine Art Zensur, fand er. Auf den ersten Blick durfte man alles selbst entscheiden und sich eine eigene Meinung bilden, aber der Rahmen dafür wurde von anderen vorgegeben: Welche Marmelade stand im Regal, welche Filme schafften es ins Kino und welche Meldungen kamen in die Zeitung oder in die Tagesschau?

»Arschloch!«, kreischte plötzlich eine Kinderstimme im Nachbargang.

»Schluss jetzt! Marie! Lukas! Macht nur so weiter, dann könnt ihr nachher das Überraschungsei vergessen.«

Aha, ein Machtwort der Mutter, dachte er. Sofort brüllten die Geschwister wild durcheinander und beschuldigten einander gegenseitig. Er wunderte sich wieder einmal, warum Mütter mit kleinen

Kindern ausgerechnet an einem Samstag einkauften? Hatten die nicht auch dienstags, mittwochs oder donnerstags Zeit, wenn es für alle Beteiligten viel entspannter wäre? Vielleicht war an dem Klischee mit den Café-Besuchen unter der Woche ja doch etwas dran? Die »Latte-macchiato-Muttis«. Mindestens genauso häufig waren aber die »Samstagsväter«. So nannte Ibs die reiferen Männer Mitte vierzig aus dem Bildungsbürger-Milieu, die sich mühten, am Wochenende ihren Teil an der Kindererziehung beizusteuern. Zum Beispiel am Flaschenautomaten, wo der Nachwuchs mit geduldiger Pädagogik rechnen durfte (»Das dicke Ende immer zuerst, Paul.«) – egal, wie viele Leute dahinter warteten.

Heute war die Bahn jedoch frei. Ibs legte seine Flaschen auf das Band, das sie surrend in den Bauch der Maschine beförderte. Am Flaschenautomaten stellte er regelmäßig auf Mundatmung um. Anders konnte er den Geruch nicht ertragen, der einem aus der Automatenöffnung entgegenschlug. Ausgerechnet die tschechischen Pils-Flaschen lehnte der Automat ab. Dabei war das doch sozusagen die Mutter aller Biere, wunderte er sich und drückte die Klingel, um einen Mitarbeiter zu rufen. »Wir helfen Ihnen gerne!«, stand auf dem Zettel neben der Klingel. Nichts passierte. Gerade als er zum zweiten Mal klingeln wollte, trat ein Schnauzbartträger mit grauem Kittel aus dem Lager und hob die Augenbrauen. Warum reden, wenn es auch so geht?, dachte Ibs.

»Die nimmt er nicht.« Er hielt ihm die beiden *Pilsen*-Flaschen hin.

Natürlich steckte der Mann nun die Flasche erst einmal selbst in die Maschine. Dafür hatte Ibs maximales Verständnis. Man musste unter allen Umständen davon ausgehen, einen Idioten vor sich zu haben. »Stimmt!«, sagte der Schnauzer, als die Flasche jetzt wieder im Loch erschien. »Warum nimmt der die ned?«

Mittlerweile wartete hinter ihnen ein kleiner Japaner, in der Hand einen leeren Wasserkasten. Der Schnauzer blickte ihn an und zeigte mit Ibs' Flaschen auf den leeren Kasten. »Unn wo sinn die Flasche?«

Sofort kam Leben in den Japaner. Lächelnd begann er mit dem Kopf zu nicken. »Oahh. Hoi!«, sagte er und hielt dabei dem Schnauzer seinen Kasten hin.

Der verzog keine Miene und deutete erneut auf den Kasten. »Wo sinn die Flasche?«

»Hoi!« Der Japaner freute sich immer noch.

Diesmal wurde der Schnauzer lauter und reduzierte seinen Text auf das Wesentliche. »Flasche? Wo?«

Der Japaner merkte jetzt, dass der angedachte

Prozess ins Stocken geriet, und sah den Schnauzer verwirrt an. »Hoi?« Den Kasten hielt er ihm nach wie vor hin, aber mutloser.

Mit einem Kopfschütteln und Ibs' Flaschen verschwand der Schnauzer im Lager. Der Japaner blieb mit hängenden Schultern zurück und sah ihm nach. Das ist jetzt wohl der Kulturschock, dachte Ibs. Auf Englisch erläuterte er dem Japaner die Sachlage. Der hatte die Flaschen bereits am Eingang in den Automaten für Einzelflaschen geworfen. Das war Ibs auch schon passiert und hatte ihm einen Rüffel des Marktpersonals eingebracht.

»Der Mann hat die Flaschen schon in den Automaten am Eingang gesteckt«, rief er jetzt ins offen stehende Lager, wo geschäftig geklappert wurde.

»Ha, des is jo aach Schwachsinn!«, brüllte es zurück.

Ibs erklärte dem Japaner die korrekte Vorgehensweise und erntete dafür ein begeistertes »Ahhhr! Thank you! Thank you!«

Der Schnauzer kam aus dem Lager zurück, drückte Ibs einen Kassenzettel in die Hand und griff sich den leeren Kasten des Japaners.

Schmidts süffisantes Lächeln hatte ihn am meisten genervt und als er ihm den Zeitrahmen hatte erklären wollen, hatte Schmidt nur gönnerhaft den Kopf geschüttelt. Es sei nicht nötig und er wollte das einfach mal zu bedenken geben. In dem Moment muss ich auf die anderen doch komplett inkompetent gewirkt haben, fand Ibs jetzt. Selbst Klaus Dollinger hatte blöd gegrinst. Vor Jahren hatte Ibs einmal ein Rhetorik-Seminar besucht. Viel genutzt hatte es nicht. Nur hinterher wusste er nun manchmal, warum eine Diskussion schlecht gelaufen war.

An der Käsetheke betrachtete er die Auslage. Plötzlich fiel ihm das Schild ins Auge: »Kenner kaufen Käse am Stück!« Vermutlich eine Idee des *CityShop*-Controllings, um Schneidezeiten zu sparen, stellte er sich amüsiert vor.

»Sind das die neuesten wissenschaftlichen Erkenntnisse?« Ibs zeigte auf das grellgelbe Schild und lächelte die Käsefachkraft an.

»Hä?« Die Dicke mit der Atze-Schröder-Minipli sah zuerst ihn und dann das Schild an. »Bidde?«, fragte sie jetzt, aber nicht freundlich, sondern eher genervt.

»Der ›Kenner am Stück‹ ist doch neu, oder?« Ibs versuchte es wieder mit einem Lächeln. Er war noch nicht bereit, das Thema fallen zu lassen.

Frau Schröder schon. Sie hob nur müde die Schultern.

Diese Ignoranz ärgerte ihn jetzt. Also gut, dachte er. »Hundert Gramm Roquefort, bitte. Geschnitten. Bitte.« Dabei lauerte er hinter einem harmlosen Blick.

»Hä?« Die Dicke schaute irritiert.

Er sprach nun absichtlich besonders langsam und deutlich. »Hundert ... Gramm ... Roque ...«

»Isch hab Sie schon verstanne«, unterbrach sie ihn. »Den kann ich Ihne bloß ned schneide.«

»Dann fragen Sie halt ihren Chef um Hilfe!« Der Satz kam ihm wie aus der Pistole geschossen und war eindeutig zu aggressiv geraten.

Die Frau blickte ihn müde an. Schließlich schlurfte sie ans Thekenende, tauchte in die Auslage ab und griff sich ein kleines Stück Käse. »Jetzt gugge Se mol«, sprach sie beim Zurückschlurfen. »Der Rockford isch en Weichkäs mit em Schimmel«, dabei hielt sie ihm die abgepackte Ecke vor die Nase. »Der würd' doch die Maschien total verkläbe!« Ihre Stimme hatte mittlerweile einen Ton angenommen, mit dem man einem Kleinkind erklärt, wie die Kuh macht.

Erst jetzt bemerkte Ibs die kleine Schlange neben sich. Alle drei starrten auf die gekachelte Wand gegenüber und konnten ihr Grinsen kaum unterdrücken. Darunter die gut aussehende Blonde, die ihm vorhin bereits aufgefallen war.

»Wolle Se des Eckle vielleicht e mol mitnemme?«

»Hm?« Ihm war plötzlich ganz flau.

»Ob Se den Rockford mal so pro...bie...ren möchten?«

Er nickte und murmelte: »Ja, bitte.« Sie wog den Käse, packte ihn in eine kleine Papiertüte und reichte sie ihm über die Theke. Mit gesenktem Kopf machte er sich davon. Das war eine Niederlage. Kein Zweifel.

Abwesend erledigte er die restlichen Punkte auf seiner Liste. Ihm fiel eine Talkshow ein, die er vor längerer Zeit gesehen hatte. Ein Kleinunternehmer, offensichtlich ungeübt in der freien Rede, wurde von einem Politiker an die Wand argumentiert. Der war sichtlich zufrieden mit seiner Vorstellung, aber Ibs fand das armselig. Im Grunde kam es in so einer Runde überhaupt nicht darauf an, den Kontrahenten zu besiegen. Viel wichtiger war, das Publikum zu überzeugen und für sich zu gewinnen – und genau das war dem überheblichen Politiker gerade nicht gelungen. Ibs biss sich auf die Lippe und schüttelte den Kopf. Eine Niederlage. Kein Zweifel.

An der Kasse stand wieder die Blonde hinter ihm. Das machte ihn nach dem peinlichen Auftritt von vorhin irgendwie nervös. Er platzierte die Sparpackung Klopapier, acht plus zwei Rollen, dezent hinter den Bierflaschen. Der letzte Artikel im Wagen war ausgerechnet der Roquefort. Den wollte er nun unter keinen Umständen vor »Miss Supermarket« liegen haben. Aus dem Handgelenk warf er die Tüte lässig in Richtung Klopapier. Der Wurf geriet zu kurz und der Roquefort klatschte gegen die Bierflaschen. Ihm wurde schlagartig heiß. Doch die Flaschen blieben stehen und knallten nicht auf den Boden. Sein Herz raste. Das hätte jetzt gerade noch gefehlt, dachte er. Wenigstens schien die Kassiererin nichts davon mitbekommen zu haben. Im gleichbleibenden Takt zog sie seine Einkäufe über den Scanner.

Ibs verstaute alles in den mitgebrachten Taschen. Langsam machte sich Erleichterung breit. Beim Bezahlen wagte er dennoch kaum den Kopf zu heben. Sein Gesicht schien zu glühen und weder der Kassiererin noch der Blonden wollte er davon mehr als nötig zeigen. Er war froh, bald wieder zu Hause zu sein. Bis jetzt war es ein richtiger Scheißtag gewesen.

Draußen hatte der Regen inzwischen aufgehört. Ibs öffnete den Kofferraum.

»Na, auch schon unterwegs?« Plötzlich stand Elke vor ihm. Sie trug eine dunkle Trainingshose, Laufschuhe und Kapuzenshirt. Dazu eine Baseballmütze. Die braunen Haare hatte sie zu einem Pferdeschwanz zusammengebunden.

Ibs brauchte immer einen Moment, bis er Leute aus der Firma außerhalb erkannte. »Du aber auch!«

»Stell dir vor, ich war sogar schon laufen! Und jetzt hol' ich mir nur noch schnell was zum Frühstück.« Dabei lächelte sie ihn an.

Elke arbeitete im Marketing. Sie hatten bisher selten miteinander zu tun gehabt, aber wenn, war es immer sehr nett gewesen. Außerdem gefiel sie ihm, mit ihren Sommersprossen und dem schmalen Kinn.

»Ich wusste gar nicht, dass du auch hier wohnst«, sagte Ibs.

»Erst seit sechs Wochen. Und du schon lange?« Sie rückte ihre Mütze zurecht.

Er überlegte und war selbst überrascht: »Fast zwei Jahre. Tatsächlich. Verrückt!«

»Ich fand deinen Vorschlag übrigens auch gut«, meinte sie jetzt.

»Hm?« Ibs schaute irritiert.

»Na, wegen *Edifact*.«

Er hatte ganz vergessen, dass Elke mit in der Sitzung gewesen war. Sie hatte ihren Chef Wellmeyer vertreten, der auf irgendeinem Kongress hockte. »Echt? Das freut mich. Danke. Ich glaub' aber, du warst die Einzige.«

»Wieso? Bestimmt nicht! Herr Wölfle und Klaus Dollinger haben's hinterher auch gesagt.«

Er kniff die Lippen zusammen und dachte an Schmidt, den Blödmann.

»Warum kommst du mich nicht einfach mal besuchen? Wie wär's denn zum Beispiel morgen, hm?« Elke sah ihn mit großen Augen an.

Eigentlich stand bei ihm nichts an oder nur, wie seit Wochen schon, die Steuererklärung. Völlig unbeschäftigt wollte er aber auch nicht wirken. Deshalb meinte er, er könne ab drei.

»Super. Dann zum Kaffee! Leo-Tolstoj-Straße 2.«

»Soll ich Kuchen mitbringen?«, fragte Ibs.

»Das wär natürlich toll!« Sie strahlte. »Na dann, bis morgen. Ich freu mich.«

»Ich mich auch.«

Sie machte auf dem Absatz kehrt und ging Richtung *CityShop*-Eingang davon. Ihr Po gefiel ihm auch. Er musste die Hand über die Augen halten, die Sonne war herausgekommen.

ALLES WIRD GUT

A ber der ist doch jetzt in jedem Fall weg! Wann fährt denn dann der nächste? Fährt denn überhaupt noch einer, wenn der weg ist?«

»Sobald wir nähere Informationen haben, machen wir eine Durchsage.« Der Zugbegleiter mühte sich, die Frau zu beruhigen und gleichzeitig die eigenen Nerven im Zaum zu halten. Seine Stirn glänzte feucht unter dem Käppi. Schwer hing der kantige Fahrkartendrucker an seiner Schulter und zerknitterte die Jacke. Der Zug hatte mittlerweile über zwanzig Minuten Verspätung und alle, die einen Anschlusszug erreichen mussten, bestürmten ihn mit ihren Fragen.

Ibs hielt seine Fahrkarte schon seit einiger Zeit bereit, doch würde es mindestens noch einmal so lange dauern, bis der Mann endlich bis zu ihm durchkam. Die Züge waren an Sonntagen immer voll, aber an einem Brückentagwochenende platzten sie aus allen Nähten. Er war froh, überhaupt einen Platz ergattert zu haben. Weil er sich erst dienstags entschlossen hatte, die Freunde zu besuchen, war es für eine Reservierung zu spät gewesen. Ibs gähnte. Langsam machte sich Müdigkeit breit. Jeden Tag erst nach Mitternacht ins Bett stecke ich auch nicht mehr einfach so weg, dachte er. Ständig nahm er sich vor, die Freunde im Norden öfter zu besuchen, und dafür nicht alle auf einmal. Aber immer war seit dem letzten Mal wieder so viel Zeit vergangen, dass er doch jeden treffen wollte. Entsprechend vollgepackt waren die Tage seiner Besuchstouren.

»Guuuten Tag, die Fahrscheine bitte.« Jetzt stand der Bahnbeamte tatsächlich neben ihm. Er gab ihm das Ticket. Sein Nebenmann war vor ein paar Minuten eingenickt und wurde nun wach gestupst. Da kannten die auch nix. Ibs musste schmunzeln. Bestimmt gab es einen Leitfaden für Zugbegleiter, in dem genau stand, wie man sich in unterschiedlichen Situationen zu verhalten hatte: *Paragraf 0815: Vorgetäuschter Schlaf zur Vermeidung einer ordnungsgemäßen Kontrolle des Fahrausweises.*

Draußen wechselten Felder, Wiesen und Dörfer einander ab. Etwas Wald gab es auch. Ibs genoss den Blick aus dem Fenster. Landschaften flogen vorbei und verströmten doch eine heimelige Ruhe. Jedenfalls vom warmen Platz aus. Eigentlich saß er am liebsten im Speisewagen, wo man sich, trotz überschaubarer Kulinarik, ein bisschen wie im Orientexpress fühlen durfte. Aber daran war beim heutigen Füllstand des Zuges nicht zu denken.

Der knackende Lautsprecher und die anschließende Durchsage ließen alle Gespräche verstummen: »Verehrte Fahrgäste ... unser Zug hat zur Zeit ... eine Verspätung von ... achtundzwanzig Minuten ...« An dieser Stelle wurde es wieder laut. Die aufgeregte Dame von vorhin war jetzt noch aufgeregter und schaute wütend zu ihrem Mann. Andere schüttelten den Kopf oder griffen nach dem Faltplan. »... Wegen Ihrer Anschlusszüge ... achten Sie bitte auf ... die Durchsagen am Bahnsteig ... Vielen Dank.«

Ibs wunderte sich jedes Mal, warum Durchsagen bei der Bahn derart unprofessionell vorgetragen wurden. An der Komplexität konnte es nun wirklich nicht liegen. Und an mangelnder Routine ebenfalls nicht. Schlechter schafften das allenfalls die Flugkapitäne, mit ihren gelangweilt genuschelten Fluginformationen.

»Die Aufgeregte« telefonierte jetzt mit »Tanja«. Vielleicht die Tochter, dachte Ibs. Alles sei total beschissen. Nein, sie wisse auch nicht, wie es weitergehe und wann sie ankomme. Das sei ganz sicher das letzte Mal, dass sie mit dem Zug fahre. Ja, sie melde sich nachher noch mal.

Der Unterschied zwischen Gelegenheits- und Vielfahrern war nie größer als bei Verspätungen, fand er. Während die einen mit jeder Minute unruhiger wurden, blickten die anderen nicht einmal von ihrem Buch auf.

Kurz vor der Einfahrt in den Bahnhof, wo erwartungsgemäß viele umsteigen mussten, war ihnen mitgeteilt worden, dass der Anschlusszug nun doch erreicht werde, weil er seinerseits verspätet sei. Die Leute drängten aus den Türen. Ibs sah sich nach einer guten Position für den neuerlichen Ansturm um. Aber auf dem Bahnsteig war so viel los, dass es keinen Unterschied machte, wo man wartete. Er schlängelte sich an einer Gruppe Raucher vorbei. Sogar bei diesem Gewimmel hielten sich die meisten von ihnen an die gelben Raucherzonen. Selbst die ganz Lässigen standen keine zwei Meter außerhalb. Welch ein Kontrast zu den freiheitsliebenden Typen aus der Werbung. Der Gedanke ließ ihn schmunzeln.

Schließlich war der Anschlusszug eingefahren und mit einer Wagentür genau vor ihm zum Halt gekommen. Obwohl eine Unmenge an Leuten ausgestiegen war, standen nach wie vor viele im Gang, weil dieser Zug ebenfalls brechend voll war.

Ibs zwängte sich trotzdem bis ins Großraumabteil durch. Wenigstens versuchen wollte er es mit einem Sitzplatz. Stehen könnte er danach immer noch.

Am Fenster sah er einen freien Platz und prüfte ohne große Hoffnung die Reservierung. Aber, kaum zu glauben, der Platz war tatsächlich frei. Nur der am Gang gelegene war ab der nächsten Station reserviert. Auf dem saß einer, der aussah wie Wim Wenders, als der die Haare kurz trug. Selbst die Hornbrille und der Architektenrolli passten. Auf seinem Klapptisch lag ein Stapel eng kopierter Blätter. In der Hand hielt er einen Kugelschreiber.

»Entschuldigung. Sitzt hier schon jemand?« Ibs fand es ungewöhnlich, dass ausgerechnet der Fensterplatz frei sein sollte.

Der Mann blickte ihn kurz von unten an, ohne dabei den Kopf zu heben. Dann sah er wieder auf seine Blätter. »Gerade nicht.«

Das hörte sich genervt an, so als wäre Ibs nicht der Erste, der fragte. »Super! Dürfte ich dann vielleicht ...?« Ibs lächelte nun extra breit.

»Bitte. Wenn Sie in ein paar Minuten gleich wieder aufstehen wollen ...« Trotzdem drehte der Rollkragenpulli nun seine Beine andeutungsweise zur Seite, sodass sich Ibs vorbeidrücken konnte. Blödmann, dachte er.

Bereits eine Viertelstunde später erreichten sie den nächsten Halt. Zuvor hatte es die übliche Durchsage wegen der Verspätung und der Anschlusszüge gegeben. Immerhin entschuldigte sich die Bahn seit Neuestem dafür. Früher hatte sie immer bloß um »Verständnis« gebeten. Vor Kurzem hatte er gelesen, dass sich dieser *Der-Dativ-ist-dem-Genitiv-sein-Tod*-Autor für diesen Wandel verantwortlich machte, denn er habe ja darüber geschrieben und die Bahn es schließlich aufgegriffen und reagiert. Ibs fand, man konnte den eigenen Einfluss durchaus überschätzen. Kulturschaffende schienen dafür besonders anfällig. War nicht sogar David Hasselhoff überzeugt, die Berliner Mauer niedergesungen zu haben? Aber war David Hasselhoff kulturschaffend?

Die »neu zugestiegenen Fahrgäste« drängten jetzt durch den Gang. Hatte jemand seinen Platz gefunden, mussten die Nachfolgenden warten, bis das Gepäck verstaut war. Ibs war bereits ein bisschen nervös und gespannt auf die Reaktion seines Architekten. In der Schlange standen ein älterer Mann mit Baskenmütze, ein Soldat in Camouflage, eine zierliche, etwas streng aussehende Frau um die fünfzig und ein stark übergewichtiger Vollbart. Bitte nicht der Dicke, flehte er.

Nachdem sich der ältere Herr an den Vierertisch gesetzt hatte, an dem auch »die Aufgeregte« und ihr Mann saßen, beschleunigte der Soldat seinen Schritt und lief an ihnen vorbei. Der hat natürlich keine Reservierung, wusste Ibs noch von seiner eigenen Bundeswehrzeit. Aber die zierliche Frau bewegte sich langsam vorwärts, das Ticket in der Hand, und studierte die Platznummern. Vor ihrer Reihe blieb sie stehen. Sie schaute wieder auf ihr Ticket und noch einmal nach oben. »Entschuldigung, aber ich habe diesen Platz reserviert.«

Sein Nachbar reagierte nicht. Macht nichts, sie wird es dir gleich noch mal sagen, du Penner, freute sich Ibs.

»Hallo?« Die zierliche Frau wirkte ein bisschen empört. Erst jetzt sah der Architekt von seinen Blättern auf. Gleicher Blick wie vorhin bei Ibs. »Sie sitzen auf meinem Platz.« Dabei hielt sie ihm die Reservierung vor die Nase.

Er sah auf ihr Ticket und nach oben auf die Platznummer. Plötzlich begriff er seinen Irrtum. Nicht der Fensterplatz war reserviert, sondern der am Gang, auf dem er saß. Die Reaktion war ein unwirscher Blick zu Ibs, aber der hob nur die Schultern und machte ein bedauerndes Gesicht. Bei jedem anderen wäre ich jetzt aufgestanden, dachte er.

Am Vierertisch hatten sich mittlerweile alle gegen die Bahn solidarisiert. Am heftigsten empörte sich einmal mehr »die Aufgeregte«. Sie und ihr Mann seien ja nicht oft mit dem Zug unterwegs, aber JE-DES-MAL gebe es Verspätung. Der junge Mann mit Laptop brachte die »völlig falsche Konzentration auf Prestigeprojekte« ins Spiel und der Baskenmützenträger erzählte von früher und wie sie ihre Uhren nach dem Zug gestellt hatten. Trotz des großen Ärgers war die Stimmung prächtig. Ein gemeinsamer Gegner schweißt eben zusammen.

Leider musste Ibs irgendwann doch aufs Klo. Das war in einem überfüllten Zug keine angenehme Sache. Zuerst durfte man sich an den vielen Leuten im Gang vorbeizwängen und danach erwarteten einen Toiletten, die bereits bessere Tage gesehen hatten. Im Gang traf er seinen Architekten wieder. Der hatte seine Kopien inzwischen gegen eine Zeitschrift getauscht und die Schulter in den Fensterrahmen gedrückt. Aha, stabile Seitenlage, stellte Ibs fest. Er starrte geradeaus, um nicht zu grinsen.

Vor ihm warteten zwei andere Leute. Zeit genug bis zum nächsten Halt blieb noch, dachte er. Es gab nichts Schlimmeres als kurz vor oder nach einem Bahnhof vor der Schüssel zu stehen und die ruckartigen Richtungswechsel an den Weichen auszubalancieren. Hinsetzen kam auf einer Zugtoilette wegen der Hygiene natürlich nicht infrage.

»Bitte hinterlassen Sie diesen Raum so, wie Sie

ihn gerne vorfinden würden!« Jedes Mal musste er bei diesem Aufkleber neben dem Spiegel grinsen. Die Formulierung war eigentlich ganz clever. Neben der Ermahnung, das eigene Geschäft ordentlich zu verrichten, fühlte sich manch einer vielleicht sogar genötigt, die Sauerei der Vorgänger zu beseitigen. Sonst könnte der Nächste ja annehmen, man selbst fände den Zustand akzeptabel.

Dreckige Toiletten waren ein gesellschaftliches Problem. In der Firma hingen überall genau solche Zettel. Sogar auf der Vorstandsetage! Früher hatte sich Ibs oft gefragt, was externe Besucher beim Anblick der Zettel wohl dachten. Heute wusste er es: nichts! In deren Unternehmen hingen nämlich die gleichen. Dabei soll es auf den Damentoiletten sogar übler zugehen als bei den Herren. Ibs konnte das kaum glauben, aber die Kolleginnen waren sich ganz sicher. Aus Interesse hatte er einmal einen Kneipier gefragt. Der hatte wenigstens den Geschlechtervergleich. Beide seien schlimm, hatte der gemeint, aber die Frauen tendenziell tatsächlich schlimmer.

Seine Nachbarin fragte, ob sie wohl noch den Intercity um 22:05 Uhr erreichen würden. Ibs redete ihr Mut zu, trotz der nach wie vor fast zwanzig Minuten Verspätung: »Ach, bestimmt! Wir sollten regulär ja schon um 21:54 Uhr ankommen, also sind wir eigentlich nur zehn Minuten zu spät. Und außerdem warten die anderen Züge um diese Zeit meistens auf die ICEs. Die Bahn will ja auch, dass die Leute nach Hause kommen.« Hoffentlich stimmt das am Ende, dachte er, aber die Frau lächelte ihn jetzt an und wirkte beruhigter.

Trotz der Müdigkeit und der bevorstehenden Arbeitswoche fühlte er sich nun fast ein bisschen euphorisch. Es war wie immer: Hinterher war er froh, die stressige Fahrerei auf sich genommen und die Freunde besucht zu haben. Ihm fielen wieder Tobias und die zwei umgekippten Bier ein, als sie beim Gegentor synchron auf den Tisch geschlagen hatten. Oder wie gemütlich es bei Christian und Nicole war, mit der Terrasse und dem Grill. Vor allem aber dachte er an Clare. Er fand es nach wie vor unglaublich, dass sie jetzt in Deutschland lebte. Niemand war so spontan und partiell chaotisch wie sie. Darin hatte sie sich in all den Jahren nicht verändert. Nachdem sie es damals, während seines Auslandssemesters in England, einige Wochen als Paar versucht hatten, hatte Clare festgestellt, wohl doch nicht der Beziehungstyp zu sein. Und Ibs hatte sich eingestehen müssen, dass er ihrer Energie nicht gewachsen war. Seither trafen sie sich zwei, drei Mal im Jahr, meistens für ein Wochenende in England, besuchten Ausstellungen und Konzerte, gingen tanzen oder kochten gemeinsam. Über ein Programm brauchte man sich bei Clare keine Gedanken zu machen. Manchmal schliefen sie sogar miteinander, wenn jeder solo war. »*Let's do something crazy*«, sagte sie dann, mit verruchtem Lächeln und Augenaufschlag, in Erinnerung an den Song, den damals nur sie beide beim Pub-Quiz der Uni erkannt hatten. Sie hatte ihn daraufhin zum Bier eingeladen und nicht glauben können, dass ausgerechnet ein Deutscher das wusste. So hatten sie sich kennengelernt.

Der Intercity wartete tatsächlich und war angenehm leer. Er half seiner Nachbarin mit ihrer Tasche und zusammen suchten sie sich einen Platz. Die streng aussehende Frau hatte sich im Verlauf der Reise als sehr unterhaltsam entpuppt und so sprang ihr Gespräch munter von der Tagespolitik zur Ausstellung in der Nationalgalerie und sogar zum letzten Fehleinkauf des FCs (hätte sie denen gleich sagen können!). Jetzt spürten aber doch beide die lange Fahrt und waren froh, bald zu Hause zu sein. Sie schloss immer wieder für Sekunden die Augen und Ibs sah aus dem Fenster in sein Spiegelbild.

Fünf Minuten später als geplant erreichte der Zug schließlich sein Ziel. Seine Reisegefährtin wurde von ihrem Mann am Bahnsteig abgeholt.

»Können wir Sie vielleicht im Auto mitnehmen?«, bot sie ihm lächelnd an.

»Danke. Das ist nett, aber ich bin selbst mit dem Auto hier.« Ibs war am Mittwoch spät dran gewesen und für den Bus hatte es deshalb nicht mehr gereicht. Nun war er aber ganz froh, gleich im eigenen Auto zu sitzen. Sie gaben sich zum Abschied die Hand.

»Die Aufgeregte« lag sich mit einer jungen Frau in den Armen. Bestimmt Tanja, dachte Ibs und freute sich. Ihr Mann und Tanjas Freund standen daneben und schüttelten Hände. Der Freund rief: »... zwanzig Minuten telefoniert für fünf Minuten Verspätung!«, und alle lachten.

In der kleinen Bahnhofshalle traf er auch den Architekten wieder. Der fummelte genervt an seiner großen Tasche herum. Anscheinend war der Tragegriff gerissen. Bei dem läuft es heute wirklich suboptimal, dachte Ibs und tatsächlich tat er ihm fast ein bisschen leid.

Während des Anfahrens in der Tiefgarage kramte er im Handschuhfach nach der CD. Er schob den Parkschein in den Schlitz und die Schranke öffnete sich. Es hatte leicht zu regnen begonnen. Als er von der Bahnhofstraße in die Pappelallee einbog, sah er den Architekten gehen, die Tasche mit beiden Armen gegen die Brust gepresst. Ibs steuerte den Wagen rechts ran und ließ die Scheibe herunter. »Wo müssen Sie denn hin?«, rief er ihm zu.

Der Mann blieb verdutzt stehen, machte dann aber doch zwei Schritte zum Fenster hin. »Hotel Kleiner Fürst. Das ist doch die Richtung, oder?«

»Steigen Sie ein! Ich fahr Sie hin«, sagte Ibs.

»Wirklich? Oh. Vielen Dank, das ist sehr nett. Danke.« Der Mann strahlte, ging zum Kofferraum und verstaute seine Tasche.

Ibs beobachtete ihn im Rückspiegel, lächelte und dachte an Clare.

let's do something crazy ...

DO-IT-YOURSELF

Heute wieder mit Pommes?« Die Frau in der Imbissbude erinnerte ihn jedes Mal an die Klementine aus der Waschmittelwerbung. Nur, dass auf ihrer weißen Schürze »Trudi« stand. Gut gelaunt füllte sie den schmalen Raum zwischen Bratplatte, Kühlschrank und Spülbecken.

»Nee, heute nur mit Brötchen, bitte«, sagte Ibs.

»Mach ma doch glatt!« Trudi nickte ihm lächelnd zu. Dabei wendete sie die Bratwürste und legte ein paar neue auf die Platte. Das Geschäft lief gut. Fast alle Stehtische waren besetzt und hinter ihm warteten auch noch zwei Männer.

Ein Baumarktbesuch und *Trudi's Imbiss* gehörten für Ibs zusammen. »Erst Pflicht, dann Wurst!«, lautete sein Schlachtplan. Normalerweise. Aber als er vorhin direkt vom Büro hierhergefahren war, hatte er spätestens auf dem Parkplatz keine Lust mehr auf den Geräteverleih im Baumarkt und war gleich zum Imbiss eingeschwenkt. Die vergangenen Tage hatten seine Nerven in puncto »do it yourself« arg strapaziert.

Trudi reichte ihm eine Flasche Cola. »Curry kommt sofort, gell.«

»Alles klar.« Ibs nahm die Flasche lächelnd entgegen und stellte sich an den letzten freien Tisch. Rund um die Imbissbude herrschte eine entspannte Atmosphäre. Alle schienen diese Insel der Ruhe inmitten des Parkplatztreibens zu genießen und mit sich und ihrer Wurst im Reinen zu sein. Außerdem war Montagabend und damit der Start in die Arbeitswoche für die meisten bereits abgehakt.

Auf Ibs' Tisch hatte jemand eine *BILD*-Zeitung zurückgelassen. Neugierig griff er nach dem dünnen Blättchen. *Bei Jochen*, dem Kiosk gegenüber der Firma, warf er immer nur einen Blick auf die Titelseite. Nie wäre er auf die Idee gekommen, selbst eine zu kaufen. Aber wenn ihm irgendwo eine in die Finger geriet, blätterte er sie mit Vergnügen durch. Die heutige Schlagzeile gehörte wieder »Berthold F.«, den die *BILD* nur noch »Cadillac Bert« nannte. »Cadillac Bert tankt Hartz IV!«, war in dicken Lettern zu lesen.

Periodisch knöpfte sich die *BILD* irgendeinen Sozialhilfebetrüger vor, um damit gleich alle Empfänger von Sozialhilfe unter Generalverdacht zu stellen. Berthold F. war bereits letzte Woche in

Kalifornien aufgespürt worden. Blöderweise hatte er sich dort vor einem *68er Eldorado* fotografieren lassen, mit Sonnenbrille und Daumen hoch. Seit diesem Moment war er vogelfrei.

Ibs' Baumarkt-Tour hatte am Samstag vor einer Woche begonnen. Die Silikonfuge in der Dusche bedurfte endlich einer Erneuerung. An manchen Stellen hatte sie schwarze Flecken und ganz dicht schien sie auch nicht mehr zu sein. Also machte er sich auf den Weg, das notwendige Material und Werkzeug zu besorgen, und kehrte mit Silikonentferner, -pistole, -kartusche und Spachtelsatz nach Hause zurück. Das Entfernen der alten Fuge war eine elende Plackerei. Er hatte es sich eher wie das Abziehen von Kreppband vorgestellt, stattdessen blieben unzählige kleine Fetzen am Fliesenrand kleben. Die musste er Millimeter für Millimeter abrubbeln, sogar mithilfe einer rostigen Rasierklinge, weil er nichts Besseres in seiner Werkzeugkiste fand. Zur Sportschau war er endlich fertig und ließ sich erschöpft aufs Sofa fallen. Rücken, Knie und Arm schmerzten und die Fingerkuppen waren total zerschunden.

Am nächsten Morgen, nach einem ausgiebigen Frühstück, war er die neue Fuge angegangen. Das Auftragen mit der Pistole klappte ganz gut. Aber als er das Silikon mit dem Spachtel glätten wollte, geriet die Fuge zu dünn. Hektisch versuchte er, mit Pistole und Finger nachzubessern, bevor das Silikon trocknete. Es entstand eine furchtbare Schmiererei. Nur mit Mühe gelang es ihm, das überschüssige Silikon wieder abzuwischen. Das Ergebnis war ernüchternd. Weder konnte er sicher sein, die Fuge wirklich überall dicht bekommen zu haben, noch sah sie schön aus. An zwei Stellen konnte man sogar deutlich seinen Fingerabdruck erkennen. Er ärgerte sich, keinen Fachmann gerufen zu haben. Obwohl ihm handwerkliche Arbeit nicht besonders lag, führte er Reparaturen oft selbst durch. Jedenfalls versuchte er es. Schließlich hatte sein Vater auch immer alles selbst gemacht.

Unterhalb von »Cadillac Bert« kniete das *BILD*-Girl von Seite 1, »Juliane, 23, aus Magdeburg«. Juliane trug einen Bauarbeiterhelm und eine kurze, zerrissene Jeanshose. Sonst nichts. In der Hand hielt sie einen Zollstock. »Die Bauzeichnerin verfügt über einen Busen, der kein Maßband zu scheuen braucht«, stand als Erklärung daneben. Ibs lachte kurz auf. Wer denkt sich bloß diese Sprüche aus? Er fragte sich, ob dafür seit Jahren derselbe Redakteur verantwortlich war? Vielleicht irgend so ein alter Sack mit Bauch?

»Junger Mann! Curry ist fertig!« Trudi winkte ihm mit der Grillzange.

Ibs ließ Juliane und Bert für den Moment allein und fummelte im Gehen seinen Geldbeutel aus der Hosentasche. Vor Trudis Theke studierte ein Zwei-Meter-Schrank, mit grauem Monteuroverall und tätowierten Unterarmen, das Speisenangebot.

»So, dann sind's drei siebzig, bitte.«

Er gab ihr vier Euro. »Stimmt so.«

»Firma dankt!« Trudi lachte und ließ die Münzen in ihre Kasse fallen.

Letztes Wochenende wollte er es mit der Fuge eigentlich noch einmal versuchen. Doch dann lief am Freitag das Wasser in der Küchenspüle nicht mehr ab. Wirklich gut war es schon die letzten Wochen nicht mehr gelaufen, aber plötzlich ging gar nichts mehr. Das lag natürlich an dem blöden Käsefondue, daran zweifelte Ibs keine Sekunde.

Am Vorabend hatte sich nämlich die Skatrunde bei ihm getroffen und Lutz sein neues Fondue-Set mitgebracht. Alexander fand die Idee auch gut und Ibs wollte ihnen den Spaß nicht verderben, obwohl Käsefondue für ihn »das langweiligste Gericht ever« war. Zur Verdauung und als eine Art Kompensation trank er dafür einen Obstler nach dem anderen – irgendwann war ihm schlecht und spielen tat er noch schlechter. Nach dem Essen kippte er die Käsereste einfach in die Spüle.

Als er am nächsten Morgen seine Kaffeetasse aus-

59

spülte, blubberte der Abfluss lustlos vor sich hin. Na toll, dachte er, eine scheiß Rohrverstopfung! Er versuchte es sofort mit dem Gummipümpel, aber ohne Erfolg. Über Nacht musste es zwischen dem Käse und dem anderen Zeug im Rohr zur Fusion gekommen sein.

Gleich am Abend, nach dem Büro, kroch er mit Eimer und Rohrzange bewaffnet in den Spülschrank. Die Muttern am Siphon saßen bombenfest. Mit aller Kraft drückte er gegen die Zange, rutschte ab und schlug sich die Hand am Eckventil auf, sodass sie blutete. Er suchte nach einem Pflaster und zog sich für den nächsten Versuch die dicken Skihandschuhe an. Als sich der Siphon endlich löste, klatschte eine stinkende Brühe in den Eimer. Angewidert drehte er den Kopf zur Seite. Der Siphon selbst machte innen keinen viel besseren Eindruck. Wahrscheinlich noch aus einer ›Weltkrieg-I-Granate‹ gebogen, dachte er. Das Ding würde er jedenfalls gar nicht erst säubern.

Am Samstag besorgte er deshalb einen komplett neuen Satz im Baumarkt, inklusive eines neuen Ventilkelchs, wie das Fachpersonal den gelochten Abfluss bezeichnete. Wenn schon, denn schon, fand er. Anschließend gab es als Belohnung Currywurst.

Die *Bild*-Zeitung gab jedem FC-Spieler eine Drei oder schlechter. Ibs glich die Noten mit seiner eigenen Einschätzung ab: Heinrich kam ihm viel zu glimpflich weg. Seit Wochen hatte der FC nicht mehr gewonnen und war in den Tabellenkeller abgerutscht.

Aus der Imbissbude war Trudis schallendes Gelächter zu hören. Ibs blickte von seiner Zeitung auf. Vor der Theke stand der Monteurgorilla. Er hatte die schenkeldicken Arme ausgebreitet und wiegte dazu den rasierten Schädel. Irgendwen schien er zu parodieren, jedenfalls lachte Trudi jetzt aufs Neue lauthals los. Das irritierte Ibs. Er hatte den Typ eigentlich in die tumbe rechte Szene verortet und dazu passte keine Kleinkunst vor der Würstchenbude.

Erst beim Einsetzen des Ventilkelchs fiel ihm der Kitt ein, den man zum Abdichten darunter schmieren musste. Das hatte er einmal bei seinem Vater gesehen, aber natürlich völlig vergessen zu kaufen. »Scheiße!« Er warf den Ventilkelch ins Spülbecken und schlug mit der flachen Hand auf die Arbeitsplatte. So heftig, dass danach sein Ringfinger anschwoll. Dann schnappte er sich den Autoschlüssel und fuhr erneut zum Baumarkt, um den fehlenden Kitt zu besorgen.

Der Nachmittag war angenehm mild, mit Sonnenschein und leichtem Wind. Könnte eigentlich ein schönes Wochenende sein, dachte er beim Aus-

steigen und grinste schief, nachdem er den Wagen wieder vor dem Haus geparkt hatte. Er legte den Kitt auf die Spüle und setzte sich erst einmal mit einer Apfelsaftschorle auf den Balkon.

Irgendwann weckte ihn das Klingeln des Telefons. Es war Katarina, seine Schwester. Seit einigen Jahren telefonierten sie mindestens einmal die Woche miteinander. Sogar Ibs hielt sich daran, obwohl regelmäßige Telefonate ansonsten nicht seine Stärke waren. Manche Freunde rief er nur alle paar Monate an. Die Frauen nahmen ihm das manchmal übel, die Männer komischerweise nie. Nach dem Telefonat ging er lustlos zurück in die Küche, um mit seinem Projekt fortzufahren.

Erstaunlicherweise klappte der Einbau sogar reibungslos. Seine Laune hob sich. Noch einmal prüfte er den Sitz der Schrauben und rüttelte an der ganzen Konstruktion. Danach drehte er gespannt den Hahn auf. Der erste Schwall Wasser verschwand umgehend im Loch. Aber nach ein paar Sekunden stieg der Wasserspiegel im Becken abermals an und aus dem Abfluss ertönte das bekannte Blubbern.

Ibs schloss die Augen. Ganz offensichtlich war das Rohr in der Wand ebenfalls verstopft. Bilder schossen ihm durch den Kopf: vom alten Siphon, von der stinkenden Brühe, von Baumarktregalen und der rostigen Rasierklinge. Alles umsonst! Das gab ihm endgültig den Rest.

»Darf ich mich vielleicht zu Ihnen dazustellen?«

Ibs bückte sich gerade über die Pappschale und schob ein Stück Wurst in den Mund. Als er aufsah, stand der tätowierte Monteur an seinem Tisch. »Ja, klar«, brachte er mit vollen Backen hervor und machte mit der freien Hand eine einladende Geste.

Der Mann stellte seine Bratwurst mit Brötchen ab, dazu ein Mineralwasser und einen Salat. Ibs war erstaunt. Irgendwie hatte er wohl mit einem halben Schwein und einem Fass Bier gerechnet. Die Tätowierung auf dem rechten Arm zeigte das Wappen des FCs, darunter in altdeutscher Schrift »forever«. Auf dem linken gab es eine aufgerichtete Schlange und »Cobras«.

»Und? Das Spiel am Samstag gesehen?« Ibs deutete auf den FC-Arm. Eine Eigenschaft, die er an sich selbst gut fand, war, anderen trotz aller Vorbehalte eine Chance zu geben.

»Ja, leider. Hätt' ich mal lieber was anderes gemacht. Im Moment läuft's einfach nur schlecht, oder?«

»Ja. Stimmt!« Ibs nickte. »Ich begreife nicht, warum er vorne immer nur den Montenesi spielen lässt und dahinter dann ausgerechnet den Heinrich. Dem verspringt jeder zweite Ball. Mindestens! Der allergrößte Fehler war ...«

»... den Silva gehen zu lassen!« Der Monteur machte dazu eine wegwerfende Handbewegung.

»Genau!« Ibs zog eine Grimasse.

Der andere tat es ihm gleich und beide nickten sie stumm vor sich hin.

»Waren Sie im Stadion?«, fragte Ibs.

»Nein, nein. Bin ich nur noch ganz selten. Da geht immer der halbe Tag drauf und hinterher ärger ich mich. Ich hab jetzt schon länger ein TV-Abo und kann mich nebenher wenigstens mit meiner Frau und meinem Kleinen unterhalten.«

Ibs schob die Unterlippe vor und nickte. Das Gespräch lief danach munter weiter. Irgendwann stellten sie fest, dass sie in der legendären Meister-Saison im gleichen Fanzug nach Bremen gesessen hatten. Sein Gesprächspartner erwies sich als äußerst witzig. Außerdem war er wirklich nett.

Weil sie beide ausgetrunken hatten, griff Ibs nach den leeren Flaschen und fragte ihn, ob er auch noch einmal etwas nehmen würde.

»Gerne ein Wasser.«

Ibs nickte und ging mit den Flaschen in der Hand zur Bude. Als er zurückkam, hielt der andere die *BILD*-Zeitung in der Hand und grinste.

»Steht was Lustiges drin?«, fragte Ibs.

Der Monteur schüttelte leicht den Kopf. »Ach, wegen diesem Bert, den die jetzt seit ein paar Tagen am Wickel haben. Und dann tun sie wieder so, als würden eh alle *Hartz-IV*-ler bescheißen.«

Jetzt grinste Ibs.

»Danke.« Der Mann legte die Zeitung weg und nahm Ibs die Flasche aus der Hand. »Sind Sie eigentlich nur zum Essen hier oder auch wegen dem Baumarkt?«

»Na ja, eigentlich wollte ich mir so eine Spirale ausleihen.«

»Aha, Rohrverstopfung. Da kommt Freude auf!«

Und dann erzählte Ibs die ganze Geschichte vom Käsefondue, vom Siphon und dem Kitt und wie am Ende doch alles für die Katz war. Zwischendurch musste der Monteur heftig lachen, aber am Ende meinte er zu Ibs: »Wenn Sie wollen, kann ich morgen Abend bei Ihnen vorbeikommen und mich drum kümmern. Ist 'ne Sache von vielleicht dreißig Minuten.«

»Echt?« Ibs sah ihn ungläubig an. »Das wäre natürlich klasse! Ja, klar. Sehr gerne! Vielen Dank. Eigentlich hab' ich ja auch gar keine Ahnung, wie so eine Spirale überhaupt funktioniert.«

»Dafür gibt's ja Fachleute!« Dabei hob der Mann die Hände und grinste breit. »Sonst noch Probleme?«

Ibs nahm einen Schluck aus der Flasche und verzog das Gesicht. »Können Sie auch Fugen?«

Der andere lächelte. »Logisch!«

UMSTRUKTURIERT

Weil Alexander ihr gemeinsames Mittagessen absagen musste – Frau Mechtl brauchte für ihren Vorstandstermin seinen »Input« –, hatten sie sich zu einem Nachmittagskaffee *Bei Jochen* verabredet. Jochens Kiosk lag der Firma schräg gegenüber und verfügte, neben ein paar Stehtischen, über eine italienische Profi-Kaffeemaschine. Die hatte Jochen vor zwei Jahren gebraucht gekauft, um »ein bisschen mehr Flair an die Bude zu bekommen«, wie er sich ausdrückte. Und tatsächlich bewirkte diese Anschaffung, dass die Biertrinker zur Randgruppe wurden. Nicht, weil die Leistungsträger plötzlich in Scharen abgewandert wären, aber seit es den guten Kaffee und die Stehtische gab, machten auch Anzugträger und Frauen *Bei Jochen* Halt.

»Wann wollten die das kommunizieren?« Ibs ließ Zucker auf seinen Löffel rieseln, bis die richtige Menge erreicht war.

Alexander hatte seine Tasse schon am Mund, setzte aber noch einmal ab. »Ende Mai. Jedenfalls hieß es ›in fünf bis sechs Wochen‹ und das wäre dann eigentlich Ende Mai.« Alexander sah Ibs fragend an. »Bin mal gespannt, ob sie eine Mitarbeiterversammlung machen oder bloß 'ne Mail rumschicken?«

Nach Aufnahme des »Istzustandes« wollte der Vorstand die neue Organisationsstruktur ausarbeiten, gemeinsam mit den Beratern natürlich. Danach sollten alle Mitarbeiter informiert werden.

»Mitarbeiterversammlung natürlich! Da soll ja wieder ein ›Ruck‹ durch die Mannschaft gehen.« Ibs grinste und rührte seinen Kaffee um.

Seit ein paar Wochen war die geplante Umstrukturierung DAS Thema in der Firma. Begonnen hatte alles mit einer E-Mail der Vorstände Pranger und Dr. Grasshoff, in der sie eine Überprüfung aller Geschäftsbereiche und eine Nachjustierung der letzten Umstrukturierung ankündigten. Außerdem freuten sich die beiden, die renommierte Unternehmensberatung *QuickWins* für die Projektbegleitung gewonnen zu haben.

Bei diesem »Management-Blabla« verdrehte Ibs regelmäßig die Augen. Als ob diese Berater irgendeine Art Hauptpreis wären. Die hatten höchstens ihren Preis – und keinen kleinen.

Zwei Tage nach dieser Ankündigung erhielt er eine E-Mail von einem Ansgar Heckmann. Herr Heckmann stellte sich als Mitglied des *Quick-Wins*-Teams vor und mochte mit ihm einen Interviewtermin vereinbaren. Im Rahmen des Projekts sollten aus Gesprächen mit Führungskräften und Mitarbeitern wertvolle »Insights« gewonnen werden, die wiederum die Basis der weiteren »Steps« bilden würden, erklärte Herr Heckmann.

Ibs schnitt eine Grimasse und klickte die E-Mail weg. Er konnte Herrn Heckmanns Dynamik bereits spüren und rief gleich bei Alexander an: »Musst du auch ein Interview machen?«

Alexander war sofort im Bilde. »Nee, zum Glück nicht! Mich hat's doch vor drei Jahren erwischt, als die letzten Beratungsheinis hier waren.«

Ibs erinnerte sich jetzt wieder an den Fragebogen, den Alexander vor dem Interview bekommen hatte und den sie zusammen durchgegangen waren. Nach dem Interview hatte sich Alexander furchtbar über seinen Gesprächspartner aufgeregt. Der Schnösel habe doch noch gestern in der Uni gehockt und stelle heute jeden seiner Arbeitsprozesse infrage. »Könnte man das nicht auch anders machen?«, hatte er ihn mit hochnäsigem Gesichtsausdruck nachgeäfft.

Das Interview mit Herrn Heckmann brachte für Ibs tatsächlich keine Überraschungen mehr, außer, dass Herr Heckmann eigentlich ganz nett war. Alles lief fast genauso ab, wie damals bei Alexander. Sogar den Fragebogen mit den allgemeinen Einschätzungen zur Firma gab es vorab: *Stärken und Schwächen des Unternehmens, des Bereichs, der Abteilung? Marktchancen? Mittelfristige Herausforderungen? Kommunikationsklima? etc.* Den Fragebogen bearbeiteten er und Alexander gemeinsam *Bei Jochen* und legten Alexanders alten einfach daneben.

»Schreiben die eigentlich alle vom selben Guru ab? Das ist doch fast eins zu eins das Gleiche, was die anderen Deppen vor drei Jahren schon gefragt haben!« Alexander steigerte sich wieder mächtig rein. Seit er erfahren hatte, dass der Tagessatz seines damaligen Juniorberaters fast seinem Wochenlohn entsprach, bekam die Beratungsbranche keinen Fuß mehr auf den Boden.

»Keep it simple and smart!«, stachelte ihn Ibs weiter an.

»Genau! *KISS*! Das Credo!« Alexander fasste sich an die Stirn und schüttelte den Kopf. »Ich bin ja echt gespannt, was die diesmal für Schlüsse ziehen? Beim letzten Mal war's ›Mehr Kundennähe!‹ Dann haben wir die fünf Regionalbüros aufgemacht, das Beratungscenter dichtgemacht und die kleinen Vertriebs- und Innendienstteams gebildet. Das Betriebsergebnis ist gleich geblieben.«

»... und einzelne Abteilungen anderen Berei-
chen zugeordnet!« Ibs grinste und richtete den
Zeigefinger auf Alexander, der damals auch verschoben wurde.

»Genau! Das hat's am allermeisten gebracht!«
Alexander schüttelte wieder den Kopf. »Dabei hatte ich dem Typ noch gesagt, dass es grad scheiß-
egal ist, wo die Arbeit gemacht wird. Aber sie muss
halt gemacht werden.«

Vor Jochens Verkaufstresen hatte sich eine kleine
Schlange gebildet. Ibs sah zu den zwei Frauen, denen Jochen gerade die Tassen hinschob. Die Süße
mit den kurzen schwarzen Haaren und der Hornbrille war auch regelmäßig hier. In Gedanken nannte er sie »Miss Advertising«, seit er gesehen hatte,
wie sie aus dem Gebäude der großen Agentur kam.

»Komisch, dass man von diesem *Management-
Audit* noch gar nichts mitbekommen hat. Die
Mechtl hält sich total bedeckt«, sagte Alexander
und sah zu Ibs, dann zum Tresen und wieder grinsend zu Ibs.

Als projektbegleitende Maßnahme hatte der
Vorstand eine Leistungsbewertung der oberen
Führungsriege initiiert, das nannte sich *Management-Audit*. Offiziell war die Teilnahme natürlich
freiwillig, aber kein Bereichsleiter hätte es gewagt,
dem Audit fernzubleiben.

»Stimmt.« Ibs ignorierte Alexanders Grinsen. »Außer, dass einige seit ein paar Wochen noch fahriger als sonst rumlaufen. Bestimmt hat Pranger dem Auditor vorher eh gesagt, was rauskommen soll. Und der liefert ihm dann die ›externe Bestätigung‹. Sieht halt nicht ganz so willkürlich aus, als hätte er's bloß alleine entschieden.«

Alexander nickte. »Warten wir mal ab. Wenn der Brauner dabei einen Tritt in den Arsch kriegt, soll's mir recht sein.«

»Und der Pfeiffer gleich mit!«, meinte Ibs. »Der blockiert immer alles und jeden. Hauptsache, er und sein Bereich müssen nix machen und stehen trotzdem gut da.«

»Pfeiffer, die Pfeife! So was bekommt der Vorstand doch eh nie mit!« Alexander nickte wieder.

Mittwochs traf sich Ibs mit Elke in ihrem Marketingbüro. Sie wollte mit ihm die Vorteilsargumentation für das neue Firmenprojekt *Edifact* durchsprechen. Manches fand er zwar ein bisschen blumig formuliert, aber inhaltlich gab es nichts auszusetzen. Im Gegenteil, Elke hatte sogar einen Punkt herausgearbeitet, auf den er selbst gar nicht gekommen war. »Gefällt mir wirklich gut«, sagte er dann auch.

»Echt? Das freut mich!« Sie strahlte und sortierte die Ausdrucke wieder in ihre Mappe ein. »Auf

dieser Basis erstellt die Agentur jetzt die Broschüre. Ich denke, Ende nächster Woche bekomme ich
das Layout. Würdest du noch mal drübergucken,
wenn es so weit ist?«

»Na klar.« Er nickte ihr zu. Elke hatte ihn einmal
als ihren »Testesser« bezeichnet, weil er die Mar-
ketingunterlagen wie ein Kunde lesen würde, und
dem wäre eine schöne Verpackung ja auch nicht
so wichtig. Das war wohl als Kompliment gemeint,
aber hinterher war er sich nicht mehr ganz sicher
gewesen.

Elke war aufgestanden und lehnte sich jetzt mit
verschränkten Armen an die Schreibtischkante.
Ein Zeichen, dass der offizielle Teil beendet war.
Sie sah ihn lächelnd an und neigte leicht den
Kopf.

Ibs musste schmunzeln. »Was willst du?«

»Du weißt doch bestimmt schon irgendwas
Neues, oder?«, fragte sie.

Er schaute ernst. »Klar. Ich weiß immer was
Neues. Zu welchem Thema jetzt?«

Elke lächelte weiter, gab aber keine Antwort,
sondern hob nur die Augenbrauen.

»Wegen der komischen Umstrukturierung, oder
was?« Ibs grinste. Er fand sie in dem Moment
ziemlich sexy, mit ihrem schmalen Kinn und dem
fordernden Blick. »Nee, ich weiß auch nichts.
Ehrlich. Aber für euch wird sich doch eh nichts

ändern! Außer, dass ihr wieder neue Schilder für Prangers S-Klasse aufstellen müsst ...«

Jetzt musste Elke lachen. Im Rahmen von »Mehr Kundennähe!«, der letzten Umstrukturierung, war bei den zwei Parkplätzen vor der Firma das Schild »Vorstand« durch »Kundenparkplatz« ersetzt worden. Diese Maßnahme hatten die damaligen Berater als »exemplarisch für den neuen Spirit« hervorgehoben. Drei Wochen später hatte Pranger, der Vorstandsvorsitzende, seinen Wagen wieder wie früher vor dem Haupteingang abgestellt. Weil Grasshoff in der Tiefgarage parken musste, blieb ja trotzdem ein Kundenparkplatz frei.

»Ja ... alles klar ... tschüss.« Ibs legte den Hörer auf. Der ist ja heute total durch den Wind, dachte er. Ist gestern anscheinend nicht so toll gelaufen? Aus dem Teamkalender wusste er vom späten Termin seines Chefs Reisinger beim Vorstand. Vielleicht war es dort um dessen Ergebnis beim *Management-Audit* gegangen? Anders als sonst hatte Reisinger heute Morgen nur kurz »Hallo« gesagt und war gleich in seinem Büro verschwunden. Und eben rief er an, um nach der *Hanauer-Studie* zu fragen, obwohl Ibs ihm die schon vor zwei Tagen gegeben hatte. Hoffentlich werden diesmal nicht wir in der Gegend rumgeschoben, grübelte er. Der Wellmeyer betont ja bei jeder Gelegenheit, dass Marketing und wir enger zusammenarbeiten müssten.

Er ging zu Olav Sleeboom ins Büro nebenan. »Was ist denn mit dem Scheff heute los?«

»Wieso?« Olav blickte kurz vom Bildschirm auf, klickte noch zweimal mit der Maus und lehnte sich zurück.

»Weiß nicht. Ist halt ziemlich kurz angebunden und kommt mir irgendwie durcheinander vor.«

»Also ich hab ihn heute noch gar nicht gesehen. Vielleicht war ja sein Termin gestern scheiße?« Olav wusste natürlich auch Bescheid.

Ibs drückte seine Zunge gegen die Backe. »Hab ich auch schon gedacht.«

Am nächsten Dienstag sollte tatsächlich eine Mitarbeiterversammlung stattfinden. Die Einladung dafür war gestern verschickt worden und hatte auf die meisten eine befreiende Wirkung. Zwar überwog in den Gesprächen Skepsis (»Das wird was geben.« oder »Warten wir's mal ab.«), aber jeder war froh, dass endlich etwas passierte und man darüber reden konnte. In den vergangenen Wochen hatten viele versucht, das Thema ganz zu vermeiden. Natürlich war es nach wie vor in allen Köpfen, aber jeder behielt seine Gedanken für sich – zu viel war gleich nach Bekanntgabe der geplanten Umstrukturierung spekuliert worden und hatte die Leute nur zusätzlich verunsichert.

Zum Mittagessen war Ibs mit Michael Pauli verabredet. Er hatte Michaels Auto gleich heute Morgen in der Tiefgarage bemerkt, auf Königs Parkplatz. Weil der Außendienst keine eigenen Parkplätze hatte, stellte sich Michael immer da hin, wo gerade frei war – die wütenden Zettel später an seiner Windschutzscheibe waren ihm egal. Selten stellten ihn die Kollegen auch mal direkt zur Rede. Dann spielte er den schusseligen Vertriebler, der wieder Urlaubstermine verwechselt hatte (»Sorry, ich bin echt blöd.«).

Als Ibs aus dem Aufzug trat, stand Michael bereits vor der Kantine und hatte sein Handy am Ohr. Mit den Fingern zeigte er Ibs zwei Minuten an. Die meisten Vertriebler, die Ibs kannte, waren so: egal ob Meeting, Seminar oder Verabredung – wenn es eine Pause gab, wurde telefoniert.

Während des Essens unterhielten sie sich vor allem über die bevorstehende Mitarbeiterversammlung. Michael war nicht einmal sicher, ob er überhaupt kommen sollte.

»Vielleicht mache ich einfach einen Außentermin? Ibs, jetzt mal ganz ehrlich, ob ich das einen Tag früher oder später erfahre, ist doch egal. Und so muss ich wenigstens die ganzen Pappnasen nicht sehen.« Michael war schon viele Jahre im

Unternehmen. Über jeden wusste er mindestens eine Geschichte zu erzählen und es gab wenig, was ihn aus der Ruhe brachte.

Ibs kratzte sein Dessertglas aus und grinste. »Will der Krotz nicht, dass ihr alle kommt?« Krotz war der Bereichsleiter Vertrieb und Michaels Chef.

Michael prustete: »Dem ist der Kunde mit Sicherheit auch wichtiger als die Power-Point-Folien vom Vorstand. Am Ende wird der doch auch nur an den Zahlen gemessen – da interessiert die Struktur nämlich keinen mehr!«

»Dann kriegst du aber Prangers ›Ruck‹-Rede gar nicht mit!« Dazu wedelte Ibs mit dem Löffel und hob die Augenbrauen.

Michael lächelte nachsichtig. »Ach, Ibs, ich bin hier schon so oft ›durchgeruckt‹ worden, das reicht bis zur Rente.« Dann griff er sich sein Handy und die Essenskarte. »Komm, wir gehen noch einen Kaffee trinken.«

Am Dienstag traf er sich fünf vor zehn mit Alexander an der Säule in der Lobby. Von hier aus war die Sicht gut und man konnte bei Bedarf trotzdem die Augen verdrehen. Es herrschte bereits dichtes Gedränge und ein beträchtlicher Lärmpegel. Vor der Empfangstheke gab es eine kleine Bühne, auf der Cornelia Fricke von der Unternehmenskommunikation gerade den Mikrofonständer justierte.

Ibs sah sich um. Ihm fiel wieder auf, dass die Leute bei solchen Anlässen immer ein, zwei Klassen besser gekleidet waren als normalerweise. Vor allem die Sachbearbeiter. Obwohl man ja unter sich blieb und keiner irgendetwas präsentieren musste. Nur die IT-ler sahen mit ihren alten T-Shirts so aus wie immer. Alexander hatte ein Sakko übergezogen und starrte mit leerem Blick in Richtung Bühne.

»Scheint ja gar keine Power-Points zu geben oder siehst du eine Leinwand?«, fragte er Ibs, ohne ihn anzusehen.

Ibs schüttelte den Kopf. »Nee. Wird wohl nur gelabert. Und außerdem: Was nirgends geschrieben steht, hat dann so auch keiner gesagt!«

»Scheiße!« Alexander schien bereits bedient.

Cornelia Fricke erklärte jetzt Pranger und Dr. Baumann, dem Oberberater von *QuickWins*, das Mikrofon. Drei Reihen vor Ibs und Alexander war Krotz aufgetaucht und neben ihm: Michael Pauli! Ibs musste grinsen. Plötzlich knackten die Lautsprecher und Pranger fragte, ob ihn alle hören konnten. Wie beim Kasperletheater, dachte Ibs. Die Gespräche verstummten.

Nach Begrüßung der »Verehrten Mitarbeiterinnen und Mitarbeiter« erläuterte Pranger nochmals die Beweggründe der Unternehmensleitung, Geschäftsfelder und Struktur einer genauen Prüfung unterzogen zu haben. Dazu bediente er sich einmal mehr der beliebten Fußballvergleiche: »Heute spielt ja keine Mannschaft mehr mit Libero!« oder »Das System muss auch immer an den Gegner angepasst werden!« Fußballvergleiche waren mittlerweile fester Bestandteil in Meetings und Präsentationen. Seit Pranger im Aufsichtsrat des FCs saß, wimmelte es bei den Führungskräften vor Fußballfans. Dann wurde Pranger plötzlich energischer: »Wir sind noch in einer Position, wo das Heft des Handelns bei uns liegt. Aber wenn wir jetzt nichts tun, dann werden wir irgendwann nicht mehr in der Lage sein, selbst zu agieren. Das muss jedem von Ihnen ganz klar sein!«

Alexander sah Ibs mit dicken Backen an und wirkte unendlich müde. Als Pranger schließlich allen Projektbeteiligten, insbesondere dem *Quick-Wins*-Team von Dr. Baumann, gedankt hatte, waren die ersten zehn Minuten vorbei. Er übergab das Mikrofon an den Oberberater: »Sehr geehrte Damen, sehr geehrte Herren. Auch ich möchte mich zuallererst ganz herzlich für Ihre Mitarbeit und Ihr großartiges Engagement bedanken, ganz besonders im Namen meines Teams ... Sie dürfen wirklich stolz darauf sein, was Sie hier in den vergangenen Jahren gemeinsam bewegt haben und wo das Unternehmen heute, nicht zuletzt wegen Ihrer Leistung, steht.«

Meine Güte, dachte Ibs, immer dieses ewige Schulterklopfen. Wenn alles so super wäre, bräuchten wir doch gar nicht hier rumstehen. Dr. Baumann hielt das Mikrofon in der linken Hand und benutzte die andere, um seinen Worten Nachdruck zu verleihen. Er hätte auch Pilot, Zahnarzt oder FDP-Hoffnungsträger sein können. Schräg hinter ihm stand Pranger und hörte aufmerksam zu, das Kinn auf die rechte Hand gestützt. Hin und wieder nickte er leicht.

Ibs beobachtete die Umstehenden. Einige lächelten sogar, vor allem die Sachbearbeiter. Endlich würdigte auch einmal jemand ihre Leistung. Die Führungskräfte schien Dr. Baumanns munterer Vortrag dagegen eher zu langweilen. Die IT-ler sahen so aus wie immer.

Danach folgte endlich die Bekanntgabe der Neuerungen. Dafür hatten sich die Berater oder Cornelia Fricke eine total innovative Präsentationsform einfallen lassen. Die bestand darin, dass Pranger die Fakten kurz vorstellte und Dr. Baumann anschließend die Begründungen lieferte. Allem voran stellten sie das Motto: *Die Prozesse im Fokus, die Zukunft im Blick!*

»Find ich super!«, zischte Ibs.

Alexander sah ihn genervt an.

Die wichtigste Maßnahme war die Schaffung des neuen Kompetenzzentrums, in dem der Vertriebsinnendienst gebündelt wurde. Außerdem sollten die Vertragsleute integriert werden. Derart könne der Außendienst auf »das gesamte Knowhow« des Hauses zurückgreifen. Urlaubs- oder Krankheitsvertretungen seien kein Thema mehr. Darüber hinaus garantiere die Abschaffung der Regionalbüros schnellere Laufzeiten und reduziere die Fehlerquote.

»Zurück in die Zukunft!«, meinte Alexander.

»Find ich stark!«, raunte Ibs.

»Depp!«

Nachdem Pranger die Zusammenlegung des Innendienstes und die Büroschließungen verkündet hatte, war es schlagartig laut geworden. Viele begannen sofort ein Gespräch mit ihren Nebenleuten und Dr. Baumann hatte große Mühe, ihre Aufmerksamkeit wiederzugewinnen. Michael Pauli sagte etwas in Krotz' Ohr. Der grinste und schüttelte den Kopf.

Offen ließ Pranger, wer den Aufbau und die Leitung des Kompetenzzentrums übernehmen würde. Das Organigramm werde aber noch diese Woche verabschiedet. Ibs hielt Ausschau nach Horst Brauner. Der Vertriebsinnendienst war eigentlich wichtiger als Brauners Vertragsbereich und vielleicht stellte ihn Pranger auf diese Weise kalt. Aber Brauner war nicht zu sehen.

Die anderen Punkte waren vergleichsweise unkritisch. Als Dr. Baumann mit seiner letzten Erläuterung geendet hatte, übernahm noch einmal Pranger das Mikrofon. In väterlichem Ton äußerte er Verständnis für die Sorgen vor allem derjenigen Mitarbeiter, die unmittelbar von der Umstrukturierung betroffen seien. Selbstverständlich werde das Unternehmen versuchen, jeden Einzelnen von ihnen »mitzunehmen« und konkrete Lösungen zu finden. Danach wurde er wieder mächtiger: »Die Unternehmensleitung hat jetzt alle Voraussetzungen geschaffen, damit wir für die Zukunft gut gerüstet sind. Nun liegt es an Ihnen! Jeder Einzelne muss jetzt die neue Organisation mit Leben füllen und an seinem Platz und mit vollem Engagement zum Erfolg beitragen. Nur so werden wir auch in Zukunft erfolgreich am Markt bestehen! Und nur dann werden wir Ihnen weiterhin sichere Arbeitsplätze bieten können!«

Ibs grinste und sagte gepresst: »Ja! Das hat gesessen!«

Alexander hatte wieder dicke Backen.

In den folgenden Tagen wurde viel über die Neuerungen gesprochen. Die einen waren empört und wünschten sich die alten Zeiten zurück. Andere sahen die Firma auf dem richtigen Weg, vor allem jene, die sich selbst etwas davon versprachen. Die Mehrheit zeigte sich aber darin einig, dass es das meiste so oder so ähnlich schon einmal gegeben habe und man sich den ganzen Aufwand hätte sparen können. Immerhin wisse man jetzt, woran man war.

Ibs hielt sich aus den Bewertungen weitgehend heraus. Vor allem war er froh, nicht in den Bereich von Wellmeyer gerutscht zu sein. Andererseits fragte er sich, ob das wirklich so schlimm gewesen wäre. Man sollte sich vielleicht generell nicht so viele Gedanken machen. Dann klingelte sein Telefon. Es war Alexander.

»Unn? Wie?«, fragte Ibs.

»Beschissen! Ich habe eine gute und eine schlechte Nachricht. Welche willst du zuerst?«

»Die gute natürlich!« Für Ibs konnte das Schlechte immer ein bisschen warten.

»Brauner ist nicht mehr Bereichsleiter, sondern nur noch ›Teamleiter Vertrag‹ im Kompetenzzentrum.«

»Echt? Geil! Dann nervt er vielleicht nur noch die eigenen Leute mit seinem Rumgenöle.« Ibs grinste und stellte sich Brauners missmutiges Gesicht vor. »Okay, und was gibt's Schlechtes?«

»Die Leitung des Kompetenzzentrums ...«

»Nicht die Pfeife, oder?«

»Ab sofort!«

DER ERSTE
EINDRUCK

Um diese Zeit standen nur wenige Autos vor dem Waldschwimmbad. Ibs parkte seinen Wagen neben Herrn Redeis altem Mercedes. Obwohl es wieder ein heißer Sommertag werden sollte, war die Luft noch frisch von der klaren Nacht. Das Autothermometer zeigte vierzehn Grad. Ibs griff seinen Rucksack und stieg aus.

Vor ein paar Monaten hatte er damit begonnen, ein- bis zweimal die Woche zu schwimmen. Gleich morgens vor der Arbeit. Das kostete ihn zwar jedes Mal einiges an Überwindung, aber abends, das wusste er, würde er sich nicht mehr aufraffen. Außerdem war das Wasser so früh am Tag noch schön klar und es gab keine grölenden Jugendlichen.

Im Gehen fummelte er seine Zehnerkarte aus dem Portemonnaie. Direkt vor dem Eingang, und zur Hälfte auf dem Behindertenparkplatz, hielt in diesem Moment ein riesiger SUV. Ibs verachtete diese protzigen Benzinschleudern. Faktisch brauchte so ein Ding zwei Parkplätze und sogar ihre Fahrer, häufig kleine Frauen, schienen mit den Abmessungen völlig überfordert. Jedenfalls musste er im engen Ahornweg meistens auf den Gehweg ausweichen, wenn ihm eines dieser Ungetüme begegnete und auf der Beifahrerseite zwei Meter Sicherheitsabstand ließ.

Dem SUV entstieg ein Typ im weißen Leinenanzug, braun gebrannt und barfuß in Wildledermokassins. Die schwarzen, schütteren Haare nach hinten gegelt. Bei dem passt das Corporate Design ja auch wie Arsch auf Eimer, dachte Ibs. Er schätzte den Mann auf Ende fünfzig, Werbeagentur oder Immobilienmakler.

Kaum durch die Eingangstür, rief der *SUV-Man* der Kassiererin ein lautes »Hi« zu. Dabei sah man ihn im Profil kurz grinsen, bevor er weiter seinen Kaugummi zermalmte. Ibs fühlte sich entfernt an Jack Nicholson in *Shining* erinnert. Allerdings Jack Nicholson für Arme. Für ganz Arme!

Das Waldschwimmbad lag am Rand des Stadtwalds. Erst vor zwei Jahren war es umfangreich saniert worden, hatte sich aber viel vom Charme der Fünfzigerjahre bewahrt. Ibs mochte die alten Bäume und das Vogelgezwitscher, die einen schönen Kontrast zur nahen Stadt bildeten. Außerdem gab es ein Fünfzig-Meter-Becken. Früher war er nur an besonders heißen Sommerabenden gekommen, weniger zum Schwimmen als um sich ein bisschen abzukühlen. Aber seit ihm seine Schwester einen Finger in den Bauch gebohrt und dazu blöd gegrinst hatte, kam er regelmäßig. Mittlerweile fühlte er sich wirklich schon deutlich fitter und nebenbei sorgte die Morgensonne für eine attraktive Bräune.

»Oh Mann!« Ibs warf seinen Rucksack in den Spind und verdrehte genervt die Augen. Er hatte seine Badeschlappen vergessen. Das war unangenehm! Wegen der Duschen, aber vor allem, weil er nach dem Schwimmen immer gleich auf die Toilette musste. »Schwimmosmose« nannte er diesen Drang, obwohl er wusste, dass das Quatsch war. Er hoffte, es heute vielleicht einmal bis ins Büro zu schaffen.

Von den Umkleidekabinen ging er in Richtung großes Becken. Morgens gab es drei Kategorien Schwimmer: Rentner, Sportler und mittlere Angestellte. Die Rentner stellten die größte Gruppe. Viele waren jeden Tag hier. In aller Ruhe absolvierten sie ihr Programm und brüllten sich gegenseitig ein »Guten Morgen!« zu. Die Sportler hatten bunte Bretter und anderes Equipment dabei und tummelten sich in den abgetrennten Bahnen.

Dort wurde im Uhrzeigersinn geschwommen, sodass man nicht ständig ausweichen musste – außer beim Überholen und vor allem, wenn ein Rentner auf dem Rücken in der Bahn planschte. Eigentlich waren die abgetrennten Bahnen den zügigen Schwimmern vorbehalten, aber das kümmerte manche der Senioren wenig. Ibs gehörte zur unscheinbaren dritten Kategorie. Er legte sein Handtuch auf eine der Bänke und suchte im unsportlichen Teil des Beckens nach einer freien Bahn.

Mittlerweile kannte er viele Schwimmer vom Sehen. Er wusste, wessen Nähe unproblematisch war und wen man besser mied. »Gitti und Erika« zum Beispiel. So nannte er die beiden Frauen, die eine dauerquatschende, schwer zu überholende Mauer bildeten und von einer beißenden Wolke Haarspray umgeben waren. Oder »Boje Kurt«, ein übergewichtiger Endsiebziger, der mit umgeschnalltem Schwimmgürtel eine Art Wassertreten praktizierte. Mit ihm hatte Ibs schon zwei Beinahe-Zusammenstöße gehabt, als Boje plötzlich aufrecht strampelnd in seiner Bahn trieb. Aber es gab auch Highlights wie Ariane – irgendwann hatte sie eine andere Frau mal beim Namen gerufen. Wenn er Ariane ein paar Meter neben sich im Wasser entdeckte, zog er immer ein bisschen stärker durch. Heute war allerdings nur Boje im

Wasser. Der hielt sich nahe am Rand auf und stellte momentan keine Gefahr dar.

Die Ersten waren bereits mit ihrem Programm durch und stiegen aus dem Becken. Herr Redei entdeckte ihn zuerst: »Ahhh! Gutten Morgen. Ist wieder wunderscheen heute und das Wasser wieder herrlich. Herrlich nass!«

Ibs nickte ihm zu und beide lachten sie über Herrn Redeis Standardspruch. Dann nahm er die kalte Dusche in Angriff. Schon die zweite Überwindung des Tages, aber hinterher fühlte sich das Wasser im Becken wenigstens angenehm warm an.

Er hatte gerade die ersten zwei Bahnen absolviert, als sich der *SUV-Man* näherte. Breitbeinig und nach allen Seiten grinsend. Den hatte er ganz vergessen. Wo war der denn die ganze Zeit abgeblieben? Auf dem Klo? Ibs hielt sich am Beckenrand und sah zu, wie er an ihm vorbei und zu den abgetrennten Bahnen tappte. Natürlich gleich zu den Leistungsträgern, dachte Ibs und lächelte schmal. In seiner windelartigen Badehose und mit prallem Schmerbauch glich er nun dem Silberrücken aus *Gorillas im Nebel*.

Mit einem lockeren Kopfsprung glitt der *SUV-Man* ins Wasser, um nach dem Auftauchen wild die verbliebenen Haare auszuschütteln. Als wäre er in Acapulco von der Klippe gesprungen. Danach machte er zwei spritzende Delfinzüge zurück an den Beckenrand und begann, an seiner Schwimmbrille zu nesteln. Ibs hatte genug gesehen. Der Penner war genauso peinlich, wie er aussah, stellte er beruhigt fest.

In Momenten wie diesen kam ihm häufig dieser Spruch in den Sinn: »Wenn einer wie ein Arschloch aussieht und sich wie ein Arschloch benimmt, kann es vielleicht sein, dass es ein Arschloch ist?« Der Spruch war leider nicht von Brecht oder Tucholsky, sondern von Alex Behrend aus der Lindenstraße. Gut war er trotzdem.

In der Hoffnung auf ein »Alt-Werden-in-Würde« stieß er sich vom Beckenrand ab. Nach den ersten, gemächlichen einhundert Metern zum Warmwerden waren jetzt schnelle einhundert Meter Kraul an der Reihe.

Als er mit dem Schwimmen angefangen hatte, war er froh, die gesetzten eintausend Meter überhaupt zu schaffen – in einer Mischung aus Brust und »Hollywood-Kraulen«. Nach und nach hatte das Training aber Wirkung gezeigt. Er war immer weniger außer Atem gekommen und hatte immer mehr Rentner abgehängt. Mittlerweile schwamm er oft 1500 Meter, davon den größten Teil Kraul. Wenn er sich eine besonders schnelle Bahn vornahm, konnte er sogar den Triathleten Paroli bieten. Allerdings hielten die das Tempo zwanzigmal länger durch.

Heute stand jedenfalls Intervalltraining auf seinem Plan. Das hieß: alle einhundert Meter ein Wechsel zwischen schnellem Kraul und gemütlichem Brust- oder Rückenschwimmen. Ibs fand gut in seinen Atemrhythmus und führte die Arme gleichmäßig durchs Wasser. An den langsamen Rentnern und der Bahnabtrennung konnte er sein Tempo abschätzen. Es passte. Er genoss es, so elegant durchs Wasser zu gleiten – technisch sauber und eins mit dem Element. Herr Redei hatte recht: herrlich!

Auf der Sportlerbahn links schob sich plötzlich ein Arm an ihm vorbei, dann der Kopf, Rumpf und schließlich die Beine. In einer Geschwindigkeit, neben der er wie eine vollgesogene Jogginghose wirkte. Aber das war nicht das Schlimmste. Das Schlimmste war, dass es sich um den *SUV-Man* handelte. Und das Allerschlimmste, dass er Rücken schwamm!

Nach dem ersten Schock versuchte Ibs, die Lücke zu schließen. Er erhöhte die Frequenz und zog jetzt mit aller Kraft durch. Zunächst konnte er den Abstand gleich halten, bekam dann aber Atemprobleme und musste auf einen Zweier-

Rhythmus umstellen. Trotz des Wassers spürte er, wie sein Kopf heiß wurde und er zu schwitzen begann. Aber alle Anstrengung nutzte nichts. Die gleichmäßig schlagenden Beine des anderen entfernten sich immer weiter. Als er seine einhundert Meter beendet hatte, war er völlig fertig. Außerdem musste er wegen des verschluckten Wassers husten. Der *SUV-Man* war schon fast wieder am Ende der nächsten Bahn, klar zur Wende.

Was war das denn? Scheiße! Der Typ nimmt mir je Bahn mindestens zehn Meter ab, haderte er innerlich. Wie man mit der Figur so Schwimmen konnte, war ihm ein Rätsel. Sein gutes Gefühl war jedenfalls weg. Man darf sich eben nicht vom Äußeren täuschen lassen, fand er und schüttelte ungläubig den Kopf. So etwas Ähnliches hatte er beim letzten Altstadtlauf auch zu Stefan gemeint, nachdem sie auf der Zielgerade von irgendeinem Opa überholt worden waren.

Er stützte die Ellenbogen auf den Beckenrand, zog seine Schwimmbrille ab und dachte an Marketingleiter Wellmeyers letzte Präsentation. Vor allem an dessen Phrase, dass man keine zweite Chance für einen ersten Eindruck bekäme. Der Spruch hatte damals Horst Brauner gegolten, der die Kosten für den Messestand kritisiert hatte. Ibs fand den Stand selbst total teuer, aber erstens verstand er nichts davon und zweitens war er ungern mit Brauner einer Meinung. Natürlich ist an solchen Weisheiten ja immer etwas dran, dachte er jetzt. Und obwohl er seiner Intuition generell nicht wirklich traute, fuhr er am Ende erstaunlich oft gut damit. Man sollte vielleicht mal eine persönliche Statistik führen, beschloss er.

Immerhin kam jetzt Ariane und trug seinen Lieblingsbadeanzug. Den dunkelblauen mit dem hohen Beinausschnitt. Ibs hatte die Schwimmbrille abgezogen und das Kinn auf die Unterarme gestützt.

Vor dem Schwimmen hatte jeder seine kleine Routine und die von Ariane war, ihre blonden Haare beiläufig nach hinten zu werfen und einen Pferdeschwanz zu binden. Dabei streckte sie den gesamten Oberkörper, sodass ihre Brüste gegen den engen Stoff drückten – oder umgekehrt. Jedenfalls sah sie umwerfend aus. Braungebrannt und elfengleich. Danach schritt sie zur Dusche.

Weil ihr Badeanzug hinten etwas verrutscht war, gab es heute sogar noch etwas Po als Zugabe. Oh Mann, dachte Ibs. Trotzdem zwang er sich, die Augen von Arianes Hintern zu nehmen. Irgendwo gab es Grenzen.

Als er den Kopf zur anderen Seite drehte, glotzte ihn der *SUV-Man* an. Jedenfalls sah es im ersten Moment so aus. Tatsächlich stierte er natürlich nach Ariane und bemerkte Ibs überhaupt nicht.

Das ging jetzt doch zu weit. »Achtung! Wespe!«, rief er dem *SUV-Man* zu und zeigte vage in Richtung Schädeldecke.

Sofort schreckte der aus seiner Starre auf und begann, wild mit den Händen herumzufuchteln. Wohl allergisch, freute sich Ibs. Schließlich tauchte er sogar ab. Nach fünf Sekunden kam er wieder hoch.

»Immer noch!«, warnte Ibs.

»Scheißviecher!« Der *SUV-Man* ging erneut auf Tauchstation. Diesmal stieß er sich jedoch gleich vom Beckenrand ab und setzte sein Rückenschwimmen fort.

Ibs entspannte sich und sah wieder zu Ariane. Der ist vielleicht schneller, als er aussieht, dachte Ibs, aber blöd ist er trotzdem.

BUDGETPLANUNG

Aber im letzten Jahr war's doch auch so. Am Schluss sind sie mit dem Rasenmäher drüber und alle mussten gleich viel kürzen.«

Noch während Olav motzte, schüttelte Reisinger den Kopf. »Der Vorstand hat diesmal ausdrücklich darauf hingewiesen, dass es keine Pauschalkürzungen mehr geben wird. Jeder Bereich muss sich an die Vorgabe halten. Wenn einer meint, davon abweichen zu müssen, kriegt er ein Problem!« Reisinger sprach in seinem gewohnt sachlichen Ton, mühte sich aber um eine gewisse Eindringlichkeit.

Olav wirkte wenig überzeugt. Hoffentlich verdreht er nicht gleich noch die Augen, dachte Ibs und sah zu Christine, die auf ihre Notizen stierte. Vor einer Viertelstunde hatte ihnen ihr Chef die Budgetvorgaben aus der gestrigen Vorstandsrunde mitgeteilt. Natürlich waren wieder die seit Jahren steigenden Kosten kritisiert worden, die man jetzt auf Vorjahresniveau einfrieren wollte.

»Aber wie soll das gehen? Dann muss die Firma halt mal auf Projekte verzichten. Stattdessen kommen zu den laufenden noch *Frankreich* und *PROSPEKT* dazu, und da sollen wir ja auch unterstützen!« Olav kriegte sich noch nicht ein.

»Herr Sleeboom, das sind jetzt die Zahlen, mit denen wir leben müssen.« Reisinger klang nun doch ein wenig genervt. Die Diskussion mit Olav zog sich schon eine Weile hin. »Es ist doch wohl auch klar, dass die Unternehmensführung das Gesamtbild im Auge behalten muss. Und da können die Kostensteigerungen nicht jedes Jahr über den Ertragszuwächsen liegen!«

Peter Reisinger glaubte beständig an die gute Absicht und die gemeinsame Sache. Im krassen Gegensatz zu den meisten seiner Bereichsleiterkollegen, die vor allem ihre eigenen Ziele verfolgten. Diese Gutgläubigkeit hatte ihnen bereits häufig Mehrarbeit eingebrockt. Während Krotz & Co. bei Sonderthemen immer sofort »keine freien Ressourcen« meldeten, wollte Reisinger zumindest erst einmal »prüfen« – und hatte damit den Klotz auch gleich am Bein. Trotzdem mochte Ibs seinen Chef. Der ließ ihn wenigstens in Ruhe arbeiten und akzeptierte mal eine andere Meinung. Bei einem Typ wie Brauner, mit seinem Kontrollwahn und Dauergenörgel, undenkbar.

Christine nutzte die kurze Stille für einen *Jetzt-*

isses-aber-mal-langsam-gut-Einwurf. So nannte Ibs ihre Gabe, ausufernde Diskussionen abzubügeln – vor allem bei Männern. »Jetzt lasst uns doch erst mal jeder seine Planung machen! Für dieses Jahr bleibt ja sogar Budget übrig, obwohl das auch erst keiner geglaubt hat. Danach können wir immer noch priorisieren.«

Ibs nickte ihr grinsend zu und Reisinger war sichtlich dankbar.

Den Samstag verbrachte Ibs bei seinen Eltern. Er baute mit seinem Vater einen IKEA-Schrank auf und erzählte beim Kaffee von seiner Arbeit. Früher hatte er dieses Thema nach Möglichkeit vermieden, aber irgendwann gemerkt, dass das krampfig war. Immerhin ging dafür die meiste Zeit drauf und außerdem wollten sie wirklich wissen, was ihn gerade beschäftigte. Seit die beiden in Rente waren, schien das Interesse an Neuigkeiten von außen größer als vorher. Je weniger im eigenen Leben passiert, desto mehr lebt man mit anderen mit, erklärte sich Ibs diesen Umstand, aber vielleicht war die Theorie auch Quatsch?

»Bei uns zog sich die Budgetplanung eigentlich immer über Wochen hin«, meinte Heribert Ibersberger, nachdem Ibs von der aktuellen Situation berichtet hatte, und schenkte sich Kaffee nach. Natürlich tropfte bei ihm wieder die Kanne und sorgte für braune Flecken auf der frischen Tischdecke. Ibs wechselte mit seiner Mutter einen kurzen Blick. Die verdrehte die Augen. »Und selbst wenn wir von Anfang an im Kostenrahmen blieben, sollten wir trotzdem irgendwo noch 50 000 Mark finden – so nannten die das immer: ›Schauen Sie mal, ob Sie nicht doch irgendwo noch 50 000 Mark finden.‹ Das ging uns vielleicht auf den Wecker!«

»Ist heute immer noch so«, sagte Ibs und nahm sich ein zweites Stück Kuchen.

»Später haben wir immer absichtlich mehr eingeplant. Dann wusste man wenigstens gleich, wo man das Geld suchen musste!« Ibs' Vater lächelte. Er freute sich noch immer über diese Taktik.

Seine Frau tätschelte ihm die Schulter: »Gut gemacht. Möchte Schweinchen Schlau jetzt auch noch mal ein Stückchen Kuchen?«

Abends, wieder daheim, telefonierte Ibs mit Clare. Sie fühlte sich mittlerweile pudelwohl in Hamburg und hatte in den letzten Wochen schon wieder so viel erlebt wie Ibs das ganze Jahr nicht. So kam es ihm jedenfalls vor.

»Du musst endlich mal wieder kommen! We go sailing, ich habe jetzt diese Schein!«, trällerte sie begeistert.

»Echt?! Aber wenn du so segelst, wie du Auto fährst, bleib ich lieber an Land!« Ibs drückte sich behaglich in die Couch. Er liebte diese Frotzeleien mit ihr.

»Dann dekorierst du eben das Wohnzimmer, wenn ich mit einem andere sexy Typ segele.«

Er wusste genau, wie ihr Gesicht in diesem Moment aussah: provokant und unwiderstehlich. »Es heißt tapezieren und nein.«

»Shame! I'll have to call for another handyman. Hang up, please!« Clare gluckste wohlig.

Ibs wollte sehen, ob er sich nach der Budgetplanung vielleicht ein paar Tage freinehmen könnte. Über seinen Bericht vom Treffen mit Reisinger und den Kollegen musste Clare herzlich lachen.

»Sei froh, dass du diesen Scheiß nicht machen musst!« Ein bisschen mehr Mitleid hätte er sich schon gewünscht.

»Tut mir leid. Aber vielleicht sollst du diese Scheiße auch nicht so ernst nehmen?«, schlug sie vor.

»Aber es ist doch ernst!«

»Ernst ist, dass wir uns endlich wiedersehen sollen! Und Eure Budget ist vor allem ein Spiel mit bestimmten Regeln.«

»Hä? Versteh ich nicht.« Tat er wirklich nicht.

Und dann begann sie mit ihrer samtigen Stimme zu singen: »*It's a game / a game / a game that we're playing* .... Na? Von wem?«

»Keine Ahnung. Sweet?« Jetzt musste er doch wieder lächeln.

»Nope. Bay City Rollers!«

»Ach du Scheiße ...«

»Wenn wir die Einzigen sind, die richtig planen, und alle anderen nicht, sind wir am Ende natürlich die Deppen!« Ibs saß vor Olavs Schreibtisch und spielte mit dessen Lineal.

Es war Montagmorgen und er hatte keine Lust gehabt, an seiner Behördensache weiterzuarbeiten. Stattdessen war er zu Olav nach nebenan gegangen, um über das Budget zu sprechen. Am Mittwoch wollte Reisinger ihre Einzelplanungen haben und Ibs wusste noch immer nicht, wie er es am besten angehen sollte.

»Eben! Deshalb stell' ich bei mir diesmal irgendein Scheinprojekt ein. Und das streich' ich bei der Kürzungsrunde einfach raus. Rumms!« Olav war mit seinem Plan sichtlich zufrieden. Er lehnte sich zurück und grinste breit.

Ibs verzog den Mund. »Ach, das ist doch scheiße! Bloß weil sich eh keiner an die Regeln hält, hält man sich selber auch nicht dran, oder wie? Dann braucht sich aber auch keiner zu wundern, wenn der Vorstand wieder bei allen gleich viel kürzt.« Natürlich ahnte er, dass Olavs Strategie bestimmt richtig war. Trotzdem nervte ihn dieser Automatismus – und die Übereinstimmung mit seinem Vater. »Hast du schon mit Christine gesprochen?«, fragte er jetzt. »Wann kommt die eigentlich wieder? Morgen?«

»Ja, morgen. Aber ich kann dir eh sagen, was die macht ...« Olav lächelte. Wissend.

Ibs deutete ein überraschtes »Aha« an.

»... nämlich bei jedem Punkt fünf bis zehn Prozent Sicherheitspolster. Das macht die immer so. Hat gar nix mit der Budgetrunde zu tun.«

Ibs raffte sich danach doch auf, die Behördeninformation endlich fertigzumachen. Schon allein, weil er morgen den Rücken für seine Budgetplanung freihaben wollte, es half ja alles nichts. Als er die Formulare ein zweites Mal durchgelesen und den dicken Umschlag verschlossen hatte, war es kurz nach vier. Er legte den Umschlag auf sein Postausgangsfach und schaute in seinem Rechner nach neuen Mails. Es gab keine. Dann öffnete er den Internetbrowser, aber ihm fiel nichts ein, wonach er suchen könnte. Ist doch idiotisch, dachte er und schüttelte den Kopf, und außerdem reicht's mir für heute. Er klickte den Browser weg und fuhr seinen Rechner runter.

»Ich pack's. Bis morgen«, rief er in Olavs Büro.

»Joo, tschö.« Olav blickte nicht einmal von seinem Bildschirm auf.

Ibs ging bei der Poststelle vorbei, warf seinen Behördenbrief in die Ausgangskiste und winkte Frau Adel vom Empfang.

Draußen schien die Sonne und es war angenehm mild. »Aha, der goldene Oktober!«, sagte er sich und beschloss, *Bei Jochen* gegenüber einen Cappuccino zu trinken. Nach dem Mittagessen hatte er diesen Programmpunkt ausfallen lassen.

Von seinem Platz an einem der Stehtische konnte er den Haupteingang der Firma sehen, wo jetzt nach und nach die Leute herauskamen. Diese Beobachterrolle gefiel ihm: Um einen herum wimmelt das Leben und man selbst steht auf dem Hügel und schaut zu.

Er blätterte in einer der Zeitungen, die Jochen nachmittags manchmal auf einem Tisch auslegte, weil er sie sowieso nicht mehr verkaufen konnte, und blieb bei einem Artikel zum Thema »Künstliche Intelligenz« hängen. Der Autor beleuchtete vor allem die ethische Dimension. Aber Ibs musste den letzten Absatz zweimal lesen, weil Yvonne Meininger in ihrem Model-Gang aus dem Gebäude spaziert kam und er das für den Moment aufregender fand als die Bedrohung durch KI. Bevor er sich wundern konnte, warum sie heute so früh dran war, stieg sie ins 911er-Cabriolet des grau melierten Typen. Er hatte sich schon die ganze Zeit gefragt, wieso der seit einer Viertelstunde im geparkten Auto hockte. Die Begrüßung der beiden ließ dann auch keinen Zweifel, dass es sich hier nicht um ihren Vater handelte. »Ist doch eigentlich wurscht!«, dachte er und fühlte sich trotzdem irgendwie ernüchtert.

»Und? Was gibt's Neues?« Ibs zuckte ein bisschen zusammen. Am Kioskfenster stand Jochen und grinste breit, in den Händen das Geschirrtuch und eine Kaffeetasse.

»Künstliche Intelligenz kann uns gefährlich werden!« Dabei hielt Ibs die Zeitung in Jochens Richtung. Aus dem Augenwinkel sah er den Porsche davonfahren.

Jochen stellte die Tasse ins Regal. »Also schlimmer als die natürliche Dummheit kann die auch nicht sein, oder?« Jetzt grinste er wieder.

Ibs musste lachen. Er war zwar nicht wirklich überzeugt, aber der Spruch gefiel ihm. Außerdem brauchte man vielleicht nicht alles zu hinterfragen, erst recht, wenn es sich ohnehin nicht ändern ließ. Ausgerechnet in diesem Moment kam Olav Sleeboom aus dem Gebäude. Komisch manchmal, fand er, und schmunzelte.

Noch am Dienstagabend mailte er Reisinger seine Budgetplanung. Am Ende hatte er sich doch entschlossen, eine realistische Kalkulation abzuliefern – ohne künstliche Reserven oder Fantasieprojekte. Irgendwie hätte er sich damit blöd gefühlt. Beim nächsten Mal mache ich mir jedenfalls nicht mehr so viele Gedanken, schwor er sich.

Am Freitag saß er mit Michael Pauli in der Kantine. Normalerweise machte Michael freitags immer *Home-Office*, aber heute hatte ihn Krotz wegen der Vertriebsziele einbestellt und so wurde nichts aus seinem langen Wochenende.

»Siehst du, bei euch wollen sie immer weniger und bei uns immer mehr«, berichtete Michael vom Termin mit Krotz. »Aber mir ist das sowieso egal. Solange ich meine Verträge bringe, sagt eh keiner was. Das ist das Schöne am Vertrieb. Hauptsache, man schwimmt im oberen Drittel mit. Du musst ja gar nicht der Beste sein. Der Krotz hat Baustellen genug. Da interessiert den am Ende auch nicht, ob der Pauli zwei Verträge zu wenig gemacht hat, wenn in manchen Regionen gar nix läuft.«

Ibs grinste. Wegen Michaels Logik und weil dessen Teller schon fast leer war, obwohl er die meiste Zeit redete. Im Gegensatz zu seinem eigenen. Dieses »Schnell-Ess-Phänomen« beobachtete er beim Außendienst schon seit Jahren.

»Deshalb geht das mit den Zielen bei mir auch immer schnell«, sagte Michael. »Er will zehn Prozent mehr als im Vorjahr und ich sag': okay.«

Michael schob sich das letzte Stück Schnitzel in den Mund und legte das Besteck auf den Teller. »Ich habe jetzt schon zwei größere Sachen in der Pipeline, die schieb ich aber einfach ins nächste Jahr, und dann bin ich im ersten Quartal gleich im Plan und werde in Ruhe gelassen. Der Reuss versucht jetzt noch schnell jeden Kunden zu machen. Dann hat er zwar in diesem Jahr die meisten Verträge, im nächsten fängt er aber wieder bei null an, und kann sich bei jedem Vertriebsmeeting die gleichen Fragen anhören.«

Bevor Michael seinen selbstzufriedenen Monolog fortsetzen konnte, wechselte Ibs lieber das Thema. Außerdem bekam Michael den meisten Klatsch und Tratsch in der Firma mit. Von ihm durfte er sich also auch in diesem Fall Aufklärung erhoffen. »Sag mal, von wem wird denn unsere Yvonne seit Neuestem abgeholt?«, fragte er ihn deshalb.

Michael setzte sofort sein Verschwörer-Lächeln auf. »Meinst du den älteren Herrn? Der mit dem Porsche? Das läuft doch mindestens schon seit einem Vierteljahr.«

Ibs war ehrlich erstaunt. So etwas bekam er immer als Letzter mit.

»Dem gehört diese Werbeagentur, mit der auch unser Marketing zusammenarbeitet«, präzisierte Michael.

»Rabenstein und Partner?«, fragte Ibs. Den Namen hatte Elke mal erwähnt.

»VON Rabenstein, bitte. So viel Zeit muss sein! Yvonne nimmt ja schließlich nicht den Erstbesten.«

»Aber der ist doch mindestens schon fünfzig?«

»Dreiundfünfzig!«, wusste Michael.

»Oh Mann. Das frustriert mich jetzt irgendwie!« Theatralisch warf Ibs die Serviette auf den Teller.

»Ibs, du musst halt auch endlich Karriere machen, sonst wird das nie was! Aber warte damit noch einen kleinen Moment, wir gehen erst einen Kaffee trinken.«

Gleich nach der neuerlichen Budgetrunde mit dem Vorstand hatte sie Reisinger in sein Büro gebeten. Damit wolle er natürlich dem Flurfunk zuvorkommen, meinte Olav zu Ibs und Christine, bevor sie sich zusammen auf den Weg machten.

Als sie eintraten, erhob sich Reisinger hinter seinem Schreibtisch und wies auf die Plätze beim kleinen Konferenztisch gegenüber. Er selbst ging um den Schreibtisch herum und lehnte sich dann dagegen. »Wie Sie ja wissen, hat uns der Vorstand heute Morgen den aktuellen Stand der Budgetplanung kommuniziert.« Reisinger versuchte ein Lächeln, blieb aber auf halbem Weg stecken. »Leider sieht es momentan so aus, dass wir als Gesamtunternehmen ertragsseitig die Vorgabe gerade so erfüllen, kostenseitig aber fast fünf Prozent darüber liegen.«

Ibs blickte zu Olav. Der mühte sich um einen neutralen Gesichtsausdruck.

Reisinger sah jetzt jeden seiner Mitarbeiter kurz an, erhielt jedoch keine Reaktion. »Selbstverständlich hat der Vorstand das Budget so nicht genehmigt, sondern alle Bereiche gebeten, ihre Planung bis Ende der Woche zu überarbeiten.«

»Aber WIR sind doch in den Vorgaben geblieben!«, platzte es nun doch aus Olav heraus.

Ibs fand Olavs Empörung ziemlich leicht zu durchschauen, aber Reisinger holte bereits Luft für die Antwort. »Noch mal: Alle Bereiche wurden gebeten. Auch wir. Vielleicht stecken ja irgendwo doch noch Einsparpotenziale? Das kann ja der Vorstand, und selbst ich, im Detail gar nicht wissen. Deshalb erhält ausdrücklich jeder die Chance!«

Werden schlechte Nachrichten eigentlich besser, wenn man sie positiv formuliert? Für seine Person wollte Ibs das ausschließen. Trotzdem amüsierte ihn dieses Führungskraft-Vokabular. Er fragte sich, ob ihnen das auf den vielen Seminaren eingetrichtert wurde, Modul »Personalführung und Motivation«. Jedenfalls hörte es sich bei den meisten gleich an.

»Herr Ibersberger, was meinen Sie denn?« Irgendwie hatte Reisinger seinen abwesenden Blick bemerkt oder sein schmales Grinsen. Jedenfalls schaute er nun nicht mehr Olav an, sondern ihn.

Ibs meinte eigentlich gar nichts. Im Grunde drehten sich seine Gedanken gerade um die Bedeutung des Begriffs »Chance«, als Reisinger ihn angesprochen hatte. Aber das war jetzt egal. »Na ja, eine Chance kann man nutzen oder nicht. Wobei ›nicht nutzen‹ ja nicht heißen muss: ›nicht versuchen‹. Vielmehr kann es sein, dass man versucht oder sucht, aber nicht findet.«

Reisinger fand seine Antwort offensichtlich nicht erschöpfend. Mit einem kurzen Nicken forderte er ihn auf fortzufahren. Olavs und Christines Mundwinkel zuckten.

»Wir bekommen doch noch einmal die Chance, Einsparpotenziale zu finden«, fuhr Ibs jetzt fort. »Wenn ich diese Chance aber schon bei meiner ursprünglichen Planung genutzt habe, dann kann ich sie jetzt nicht noch mal nutzen. Sonst würde das ja gleichzeitig bedeuten, dass meine erste Planung nicht wirklich gut war.«

Reisinger wirkte heute weniger geduldig als sonst. Ibs beschloss, dem Spiel ein Ende zu setzen. Man darf auch nicht übertreiben, fand er. »Also, kurz gesagt: Was passiert, wenn ich oder die anderen eben keine weiteren Einsparpotenziale mehr finden?«

Reisinger verschränkte die Arme: »Tja, dann fürchte ich, wird der Vorstand, in Anbetracht der Zeit und der Komplexität, alle Einzelbudgets um den erforderlichen Anteil kürzen. Anders wird es nicht gehen. Die Vorgabe soll in jedem Fall erreicht werden.« Wieder schlug Reisinger einen möglichst sachlichen Ton an.

»Also doch wieder Rasenmäher …«, sagte Olav mehr zu sich selbst als zu den anderen.

Reisinger drückte sich vom Tisch ab und ging zum Fenster. »Ich weiß, und ich finde es auch schade«, sagte er. Und dann nach einer kleinen Pause: »Aber verstehen kann ich den Vorstand trotzdem.«

Olav war danach gleich mit in Ibs' Büro gekommen. Er schloss die Tür hinter sich und grinste. »Das war doch klar wie sonst was! Und natürlich hat sich der Vorstand die Budgets nicht im Detail angesehen. Das ist denen doch viel zu blöd. Am Ende muss die große Zahl stimmen und gut.«

Ibs lehnte sich in seinem Stuhl zurück.

»Bin ich froh, dass ich diesen Alibiposten eingebaut habe«, fuhr Olav fort. »Sollen die von mir aus ihre fünf Prozent Ansage machen. Ist mir egal!«

»Mir auch!« Ibs sah zu Olav und nickte ihm zu. Gestern Abend hatte er die Fahrkarte nach Hamburg gekauft. In zwei Tagen fuhr sein Zug.

DER LETZTE TAG

Beim Frühstück fiel Ibs noch einmal die gestrige Dokumentation in einem der dritten Programme ein. Es ging ums »Altwerden« oder »Altsein«. Da waren die fitten Siebzigjährigen, die sich bester Gesundheit erfreuten: »Siebzig ist das neue Fünfzig!« Aber auch die Gebrechlichen und Demenzkranken. In jeder Gruppe gab es die fröhlichen Vertreter genauso wie die total deprimierten. Glück schien also nicht unbedingt vom Gesundheitszustand abhängig zu sein. Zumindest, wenn man unterschiedliche Leute miteinander verglich. Bei ein und derselben Person machte ein kaputtes Knie natürlich sehr wohl unglücklicher.

Außerdem ließ sich das Glücksempfinden eines anderen Menschen auch gar nicht objektiv beurteilen. Brauner zum Beispiel, der Leiter der Vertragsabteilung, mit seiner ewigen Scheißlaune, von dem jeder annehmen musste, er fühle sich todunglücklich. Würde den einer fragen, wie glücklich er sich auf einer 10er-Skala einstufte, bekäme er bestimmt trotzdem eine »11« zu hören. Ibs räumte die Spülmaschine ein und verzog den Mund beim Gedanken an eine solche Antwort. Aber Brauner würde irgend so etwas Dämliches sagen. Da war er sich ganz sicher.

Morgens, zur Rushhour, reihte sich auf der Zubringerstraße Auto an Auto. Ibs fädelte ein. An den meisten Tagen klappte das problemlos, aber manchmal hielt einer stur den Abstand zum Vordermann oder gab sogar noch Gas, um bloß keinen Platz einzubüßen. Zu seinem Erstaunen waren das fast immer Frauen. Die hielten das Lenkrad fest umklammert und hatten den Tunnelblick. Keine Ahnung, warum das so war. Normalerweise waren die Idioten im Straßenverkehr ja eher männlich, nur beim »Reißverschluss« nicht. Mittlerweile freute sich Ibs sogar, wenn seine Theorie aufs Neue bestätigt wurde.

In dem Dokumentarfilm über das Altwerden befragten sie einige Leute in der Fußgängerzone: »Was würden Sie tun, wenn Sie nur noch einen Tag zu leben hätten?« Fast alle wollten sich noch einmal mit ihrer Familie und ihren Freunden treffen. Ein paar mochten auch einen bestimmten Ort besuchen. Die exotischsten Antworten waren

»Rotwein trinken« und »Lieblingslieder hören«. Selbst Ibs hatte schon öfter darüber nachgedacht. Klar, Freunde und Familie lagen irgendwie nahe. Aber wäre ein solches letztes Treffen nicht unendlich traurig? Wäre das nicht eine einzige Heulerei? Weil jeder genau wüsste, dass er den anderen ab morgen nie mehr sehen würde? Oder weil einem plötzlich aufginge, dass man die letzten Jahre viel mehr Zeit mit diesen Menschen hätte verbringen sollen? Stattdessen hatte man sich um allen möglichen anderen, letztlich belanglosen Scheiß gekümmert.

Das kurze Stück auf der Autobahn hielt er sich normalerweise bei den Lkws auf der rechten Spur. Weiter links herrschte zur Rushhour das »Survival of the Fittest«. Das nervte nur und schneller ging es auch nicht wirklich. Einmal war einer, den man von hinten zwanzigmal die Spur wechseln sah, einem anderen in den Kofferraum gerauscht. Als Ibs die Unfallstelle erreichte, stand der Typ (natürlich ein Mann!) bereits draußen und glotzte blöd. Im Radio lief in diesem Moment passenderweise »Don't worry, be happy«. Ibs ließ das Fenster herunter, drehte auf volle Lautstärke und fuhr langsam vorbei. Das kam gut. »Uh-hu-hu-hu-hu-uhhuhuhuhuhuhuuu.«

In der Tiefgarage traf er Christine und sie nahmen zusammen den Fahrstuhl.

»Was ist los? Heute keine Treppe?« Ibs machte ein verblüfftes Gesicht und wunderte sich tatsächlich. Normalerweise ging seine Kollegin immer zu Fuß und schimpfte ihn einen faulen Sack. Aber eben hatte sie keine Sekunde überlegt und war sofort mit eingestiegen.

»Ach, ich hab heute auch mal keinen Bock. Wir waren gestern bei den Zehn Tenören, dann noch was trinken und jetzt bin ich hundemüde.«

»Ahhh ja.« Er musste grinsen.

»Ahhh ja«, äffte sie seinen Tonfall nach. »Genau! Und es war toll, danke der Nachfrage!«

Jetzt tat ihm seine Reaktion gleich schon wieder leid. Nur weil er diesen Tenorquatsch als das Letzte, nein, das Allerletzte empfand, gefiel er anderen natürlich trotzdem.

»Du brauchst gar nicht so arrogant tun. Ich weiß schon, dass du die blöd findest.« Sie ließ noch nicht locker.

»Gar nicht arrogant. Ich freu' mich einfach, dass du einen schönen Abend hattest.«

»Natürlich bist du arrogant. Ich kenn' dich ja.«

Ibs verdrehte die Augen, war aber froh, dass sie wieder schnippisch klang und nicht mehr beleidigt. Trotz ihres burschikosen Auftretens war sie am Ende eben doch ein Mädchen.

»Und was gab's gestern im Hause Ibersberger? Literarisches Quartett? Jazz?« Dabei hob sie die Augenbrauen.

»Eine Doku über das Altwerden«, sagte Ibs.

Christine musste lachen.

»Und was man tun würde, wenn man nur noch einen Tag zu leben hätte.«

Sie betraten die Eingangshalle und nickten Frau Adel am Empfang zu, wo auch Frau Mechtl stand. Die beiden lachten und hielten sich gegenseitig an den Armen. Frau Mechtl, Ende fünfzig und Leiterin der Rechtsabteilung, sah immer freundlich und wie aus dem Ei gepellt aus. Dessen ungeachtet konnte sie aber auch richtig zubeißen. Alexander hatte schon Sachen mit ihr erlebt, bei denen man sich wegschmiss vor Lachen.

Vom anderen Ende der Halle winkte Elke. Dann löffelte sie pantomimisch ihren Handteller aus und zeigte auf ihn und sich. Ibs strahlte und hob den Daumen. Mittagessen mit Elke war definitiv eine Aussicht.

»Ahhh ja.« Jetzt grinste Christine.

Bemerkungen wegen Elke war er von der halben Firma gewohnt, aber das war ihm egal.

»Und?«, fragte Christine.

»Hmm? Was?« Er drehte den Kopf.

»Was würdest du tun, wenn du nur noch einen Tag leben würdest?«

Sie bogen in ihren Gang ein. Weiter hinten verschwand Olav gerade mit einer frischen Tasse Kaffee in seinem Büro.

»Weiß nicht. Wahrscheinlich würde ich den halben Tag überlegen, was ich mit dem restlichen noch anfange?«

Sie lachte wieder. »Ach, das glaub' ich nicht! Bestimmt würde man dann die Familie und alle Freunde um sich versammeln. Das würde ich jedenfalls machen.«

Er hängte die Jacke an den Haken, grüßte Olav im Nachbarbüro und schaltete den Rechner ein. Auf seinem Monitor klebte ein *Post-it* mit Olavs Krakelschrift: »Anruf Elke. Essen?« Das war gut. Beides. Das Essen und Olavs Minimalstil.

Abends traf er sich mit Stefan in *Barry's Bar*. Stefan war sein bester und ältester Freund und trotzdem sahen sie sich nur selten. Jedes Mal versicherten sie einander, bis zum Wiedersehen nicht mehr so viel Zeit verstreichen zu lassen, und dann gingen doch wieder Monate ins Land. Stefan war Gruppenleiter bei einem großen Chemieunternehmen. Ein stockkonservativer Laden und eine reine Männergesellschaft. Solche Typen, die als Wunsch für das neue Jahr immer »mehr Zeit mit der Familie« angaben und dabei versonnen lächelten. Nur, um weiter aus Prinzip bis 20 Uhr im Büro zu hocken, selbst wenn es nichts mehr zu tun gab.

Stefan erzählte von seinen Grabenkämpfen mit einem Kollegen, die ihm auch zu Hause nicht aus dem Kopf gingen: »Das kotzt mich total an, dass ich da immer dran denken muss. Dann spiele ich in Gedanken immer so Dialoge durch. Wenn er jetzt das sagt, sag' ich ihm das und so weiter. Da dreht man sich total im Kreis.« Er schüttelte den Kopf. »Und Rebecca ist natürlich auch genervt und meint, selbst wenn ich daheim bin, wäre ich eigentlich nicht wirklich da. Und ich soll mich jetzt mal um die Kinder kümmern, das hätte sie schließlich schon den ganzen Tag gemacht.« Er blickte zu Ibs und nahm einen Schluck von seinem Bier.

Ibs kannte das, bis auf die Kinder natürlich. Obwohl man genau wusste, dass der Arbeitskram nicht das Wichtigste der Welt war, grübelte man viel zu viel darüber nach.

Gerade erzählte er Stefan von dem gestrigen Dokumentarfilm, als »Miss Advertising« mit zwei Freundinnen die Bar betrat. Sie arbeitete in der Werbeagentur gegenüber von Ibs' Firma und er kannte sie von Jochens Kiosk, wo sie auch öfter einen Kaffee trank.

Stefan folgte Ibs' Blick. »Oha. Kennst du die?«

»Nur vom Sehen. Leider.«

Und sie sah echt wieder total süß aus. Erstaunlich, ihr ausgerechnet hier zu begegnen. *Barry's Bar* war nun nicht gerade der coolste »place to be«.

Stefan hatte jedenfalls auch keine Ahnung, was er mit seinem letzten Tag anfangen würde. Man dürfe davon wahrscheinlich nichts Großes erwarten oder glauben, dass man da noch einmal irgendetwas rausreißt. Dann fiel ihm aber doch etwas ein: »Mir hat ein Handwerker mal von einem seiner Kunden erzählt, dem einige Mietshäuser gehörten. Das muss so ein richtiges Arschloch gewesen sein. Nur auf seinen Vorteil bedacht, den Mietern immer gleich mit Kündigung gedroht und so Zeug. Die haben den natürlich alle gehasst. Einer der Mieter hat dann zu meinem Handwerker gesagt: ›Wisse Sie, was ich mache tät, wenn ich noch en halbe Tag zu lebe hätt? Dann würd ich den erschieße!‹« Stefan grinste. »Das wär also auch eine Option.«

»Stimmt.« Ibs nickte. »Mit so 'ner Aktion könnte man noch mal was Gutes für die Menschheit tun. Irgendeinen umblasen, der allen auf die Nerven geht und dem sonst keiner beikommt.«

Den Rest des Abends fertigten sie hypothetische »Abschusslisten« an und freuten sich, wenn einem ein noch lohnenderes Ziel einfiel. Das konnte der Topmanager sein, der sich überall die Taschen vollstopfte, oder der Typ, der immer die Naziaufmärsche organisierte. Schwieriger war allerdings die Frage, woher man auf die Schnelle eine Waffe bekäme? Man könnte dann ja schlecht mit Google nach dem *Darknet* suchen oder sich im Bahnhofsviertel an einen Tresen setzen und die Puffmutti fragen.

»Also müsste man die Waffe schon zu Hause haben«, meinte Stefan. »Nur so wäre man handlungsfähig, wenn der Countdown läuft!«

Aber sie waren mittlerweile beide viel zu müde, um das Thema weiter zu vertiefen. Also standen sie auf und gingen zum Bezahlen an die Bar. Das hatten »Miss Advertising« und ihre Freundinnen anscheinend auch gerade getan. Jedenfalls kamen sie ihnen von dort entgegen.

Ibs lächelte sie an und sagte »Hallo«. Natürlich mit einer etwas tieferer Stimme als gewöhnlich.

»Oh, hallo.« Sie lächelte zurück. Als sie schon aneinander vorbei waren, drehte sie sich noch einmal um und rief: »Aber *Bei Jochen* schmeckt der Kaffee besser als hier!«

»Auf jeden Fall!« Er strahlte sie an und winkte kurz, bevor sie sich bei einer der beiden anderen einhakte und zur Tür hinausging.

»Also die kennt dich jedenfalls auch ... Vom Sehen!« Stefan schob die Unterlippe vor und nickte. Anerkennend.

Auf dem Nachhauseweg fühlte sich Ibs fast ein bisschen euphorisch. Einzelne Szenen von heute fielen ihm ein und ließen ihn schmunzeln. Insgesamt ein echt guter Tag und die Begegnung mit »Miss Advertising« gerade eben war ein gelungener Abschluss.

Vielleicht war es ja gerade das? Gute Tage erleben, und davon so viele wie möglich? Derart fiel der letzte Tag nicht mehr so ins Gewicht. Jedenfalls sollte man vorher etwas dafür tun, dass es kein Tag der Reue wird. Keiner, an dem man die ganze Zeit nur »hättest du doch bloß« denken musste. Sondern wirklich einer mit Freunden und Familie, ein paar Gläsern Wein und den Gedanken an eine schöne Zeit. Gleich zu Hause wollte er Stefan schreiben und ihm vorschlagen, ob sie sich künftig nicht einfach jeden ersten Donnerstag eines Monats treffen wollten. Und am Samstag würde er endlich wieder seine Eltern besuchen. Und *Bei Jochen* könnte er mal einen Cappuccino vorab bezahlen, den der beim nächsten Mal »Miss Advertising« serviert ...

LEITLINIEN

Es war bereits zwei Wochen her, seit sich die Bereichsleiter zum Wochenend-Workshop, kurz *WoWo*, getroffen hatten. Natürlich im üblichen Golfhotel, mit Landhausstil-Zimmern und künstlichem See vorm achtzehnten Loch. Bei der Belegschaft sorgten diese Treffen regelmäßig für Unruhe. Sofort wurden einschneidende Veränderungen vermutet und wild spekuliert. Dabei konnte sich selbst von den langjährigen Mitarbeitern keiner daran erinnern, wann es nach einem *WoWo* jemals eine große Neuerung gegeben hätte. Die wirklich wichtigen Dinge entschied der Vorstand sowieso allein. Wenn überhaupt wurden sie dabei von externen Beratern unterstützt.

Trotzdem hielt sich bei vielen Mitarbeitern diese diffuse Vorstellung, es handele sich bei den *WoWos* um eine Art »Think-Tank«, wo brillante Köpfe neue Strategien entwickelten, bis spät in die Nacht diskutierten und die Firma danach eine andere wäre.

Ibs und Alexander hatten sich schon oft darüber lustig gemacht. Der Gedanke war grotesk, dass Typen wie Brauner und Pfeiffer plötzlich »Masterminds« sein sollten, statt die Nöler und Intriganten, als die sie jeder kannte. Außerdem wusste Ibs von seinem Chef Reisinger und Alexander von Frau Mechtl, wie es auf diesen Workshops tatsächlich zuging: Normalerweise wurden die vom Vorstand gesetzten Themen in Gruppen bearbeitet. Dabei musste pro Gruppe immer einer »den Hut aufhaben«. Weil dazu nie jemand Lust hatte, blieb die Aufgabe meist an den harmlosen Arbeitsbienen à la Reisinger hängen. Der stand dann an einer Moderationswand und sammelte die Wortmeldungen der Kollegen – eine zähe Angelegenheit, weil die lieber ihre E-Mails auf den Smartphones checkten, anstatt sich zu beteiligen. Am Ende präsentierte eine Gruppe, natürlich der »mit dem Hut auf«, ihren erarbeiteten Kram. Die üblichen Wichtigtuer stellten noch ein paar Fragen, der Vorstandsstab führte Protokoll und zum Schluss versicherten sich alle, wie superproduktiv man doch gewesen wäre und wie gut es für das gegenseitige Verständnis war.

Zweifellos demonstrierte die Führungsriege nach solchen Treffen immer einen gewissen Zusammenhalt. Bei Begegnungen auf dem Flur wurde laut gelacht und die gute Stimmung zur Schau getragen. Selbst Reisinger euphorisierte einmal herum, dass zwischen die Bereichsleiter »nun kein Blatt Papier mehr passt«. Erfahrungsgemäß hielt das aber nie lange an. Spätestens beim nächsten Konflikt wurden wieder die Ellenbogen ausgefahren.

Nur ganz selten wurden die Ergebnisse der *WoWos* den Mitarbeitern präsentiert. Allein daran ließ sich erkennen, dass es mit deren Relevanz nicht wirklich weit her war. Aber heute war es wieder so weit und eine Präsentation für den Nachmittag anberaumt. So viel war klar: Beim letzten Treffen hatte die Führungsmannschaft an neuen »Führungsleitlinien« gearbeitet. Herumgewurstelt, dachte Ibs.

»Oh Mann, die Sau mit den Leitlinien wird doch auch alle paar Jahre durchs Dorf gejagt!« Ibs ließ sich auf den Besucherstuhl in Christines Büro fallen und schnaufte laut aus.

Christine grinste. Sie hatte die Einladungs-E-Mail der Unternehmenskommunikation gerade gelesen, als Ibs zur Tür hereinkam. »Mal sehen, ob ich den Flyer vom letzten Mal noch finde? War das vor drei Jahren? Oder vor vier?« Sie stand auf und zog einen Ordner aus dem Schrank. Nach einigem

Blättern präsentierte sie Ibs ein buntes Heftchen im A5-Format.

»Oh Mann. Stimmt. Damals gab's doch dann für jeden Führungsgrundsatz einen eigenen Bereichsleiter-Paten.« Er schüttelte den Kopf. »War das schlecht!«

Christine las vor: »*Wir führen nachvollziehbar und konsequent!*« Sie sah Ibs fragend an. »Na? Pate?«

»Brauner?«

»Krotz!«

»Von mir aus. Das passte ja wenigstens einigermaßen.« Ibs schüttelte erneut den Kopf.

»*Wir schaffen eine positive und zielgerichtete Arbeitsatmosphäre!*«

Ibs tat, als dächte er nach. »Brauner?«

»Reisinger!«

»Echt? Der Scheff? Kein Wunder, dass es bei uns so gut läuft.«

Christine lachte. »Einen noch ... *Wir geben und erwarten ehrliches und konstruktives Feedback!*«

»Brauner?«

»Pfeiffer!«

»Ja, klar. Logisch. Wer sonst? Der größte Heuchler im ganzen Unternehmen!« Er streckte die Hand aus und Christine reichte ihm die Broschüre. Kurz blätterte er darin, gab sie ihr aber gleich wieder zurück. So interessant fand er es dann doch nicht.

Zusammen mit Olav pilgerten sie nachmittags in die Lobby, wo die Präsentation stattfinden sollte. Vorne war wieder die übliche Bühne aufgebaut. Darauf standen acht oder neun große Staffeleien, deren oberer Teil mit einem Tuch verdeckt war. Dazwischen gestikulierte Cornelia Fricke von der Unternehmenskommunikation mit dem Hausmeister.

»Malen nach Zahlen?« Olav reckte das Kinn Richtung Bühne.

»Hmm? ... Ach so, ja, irgend so was.« Ibs war gerade in Gedanken. Diese Versammlungen in der Lobby mussten für Außenstehende immer gleich wirken. Und waren sie es nicht auch? Ein ewiges Déjà-vu. Die Bühne. Die mehr oder weniger gleichen Figuren oben, die apathische Menge unten. Die Reden, die begeistern wollten, und die Gesichter, die regungslos blieben.

Irgendwann verstummten die Gespräche ringsum. Der zweite Vorstand, Dr. Grasshoff, betrat die Bühne, begrüßte alle Anwesenden und führte zunächst die Bedeutung der Führungsleitlinien aus. Aber allein, dass Grasshoff das Thema vorstellte und nicht Pranger, der Vorstandsvorsitzende, sagte viel über deren wahre Bedeutung aus, die also eher nicht ganz so groß war. Und natürlich berichtete Grasshoff von den konstruktiven Diskussionen der Führungsmannschaft. Man habe es sich nicht leicht gemacht und teilweise sogar heftig gerungen. Umso glücklicher sei er, der gesamten Belegschaft nun endlich die neuen Führungsleitlinien präsentieren zu dürfen.

Ibs war mit seinen Gedanken schon längst bei seinem Behördentelefonat, das er am späten Nachmittag machen wollte, als Grasshoff einige Bereichsleiter auf die Bühne bat. Die postierten sich nun jeweils neben einer Staffelei. Wie die Orgelpfeifen, dachte Ibs. Darunter Pfeiffer, aber auch Krotz, Wellmeyer und Frau Mechtl.

Cornelia Fricke brachte Wellmeyer, der ganz links stand, ein zweites Mikro. Grasshoff kündigte nun »Leitsatz Nummer eins« an. Daraufhin zog Wellmeyer das Tuch von seiner Staffelei, auf der ein etwa ein mal ein Meter großes Schild zum Vorschein kam. Die untere Hälfte weiß, die obere Hälfte dunkelblau mit weißer Schrift, offenbar »Leitsatz Nummer eins«.

»*Wir begeistern für Neues und sehen Veränderungen als Chance!*«, las Wellmeyer jetzt vor. Dabei hatte er sich zum Schild gedreht, als sehe er den Text zum ersten Mal. Vermutlich war ihm dieser Auftritt selbst peinlich.

Ibs ignorierte Olavs Seitenblick und starrte geradeaus. Jetzt bloß nicht grinsen oder irgendeine andere Reaktion, sonst gab es kein Halten mehr. Solche Situationen übersteht man am besten mit stoischer Ruhe.

Nach und nach wurden alle neuen Führungs-leitsätze enthüllt. Pfeiffer hatte sich neben »*Wir schaffen Freiräume und räumen Hindernisse aus dem Weg!*« positioniert und lächelte breit. Das war natürlich der Oberknaller. Da musste sogar Christine leise prusten.

Danach trat Grasshoff wieder in die Bühnen-mitte. »Liebe Mitarbeiterinnen und Mitarbeiter, mit diesen Leitlinien haben wir ein, da bin ich mir sicher, ganz hervorragendes Gerüst geschaf-fen, auf dessen Grundlage Sie und Ihre jeweiligen Führungskräfte in Zukunft, ja, ganz hervorragend und sehr erfolgreich zusammenarbeiten können. Aber diese Leitlinien müssen auch gelebt werden! Nur dann machen sie Sinn. Hier sind vor allem die Führungskräfte gefragt, aber natürlich auch Sie, ja, jeder Einzelne von Ihnen!«

Grasshoff befand sich im Motivationsmodus. Dabei ließ er seine linke Hand bei jedem Satz wie ein Hackebeil nach unten fahren. Diese Auf-tritte irritierten Ibs jedes Mal aufs Neue. Zumal Grasshoff alles andere als ein harter Hund war und solche »Chakka-Reden« bei ihm komplett deplat-ziert wirkten. Entsprechend fingen die Ersten be-reits an, verstohlen zu grinsen.

»… werden jetzt alle Bereichsleiter auf die Büh-ne kommen und sich auf jeden Leitsatz mit ihrer Unterschrift verpflichten.«

Ibs hatte nur den letzten Halbsatz mitbekommen. Grasshoff stand wieder am Bühnenrand. Von der anderen Seite stiegen nun die restlichen Bereichsleiter auf die Bühne. Manche lachten und unterhielten sich miteinander. Cornelia Fricke drückte jedem von ihnen einen *Edding* in die Hand. Mit der plötzlichen Unruhe vorne wurde auch um Ibs herum wieder vereinzelt gesprochen und in der Lobby war es merklich lauter.

»Die unterschreiben jetzt alle auf den komischen Schildern, oder wie?« Olav glotzte Ibs mit aufgerissenen Augen an.

Auf der Bühne war genau das zu beobachten. Die Bereichsleiter schlurften von Schild zu Schild und unterschrieben jedes mit ihrem *Edding*.

Ibs zuckte mit den Schultern. »Klar. Maximales Commitment!«

»Sind wir hier im Kasperletheater, oder was?«

»Das weißt du doch. Und dir hängen sie eins ins Büro.« Ibs grinste.

Tatsächlich wurden die Schilder am nächsten Tag in der Kantine aufgehängt. Olav meinte, wenn jetzt einer kotzen müsste, läge es nicht unbedingt am Essen. Und natürlich gab es wieder einen Flyer. Den fand jeder morgens an seinem Arbeitsplatz. Je Leitsatz eine Seite. Diesmal aber mit den typischen, neutralen Business-Figuren aus der Bild-

Datenbank, statt Fotos der echten Bereichsleiter. Derart wirkte der Flyer nicht gleich veraltet, sobald einer geschasst wurde.

Kurz vor dem Feierabend holte Ibs noch seinen neuen Parkausweis beim dicken König in der Personalabteilung ab. Der alte war in der hinteren Hosentasche zu Bruch gegangen. Blöd, weil schon zum zweiten Mal in diesem Jahr. Selbstverständlich war König dieser Umstand ebenfalls nicht entgangen, aber Ibs nahm dessen Ironie gelassen hin. Er fand es ja selbst dämlich.

Zurück nahm er den Weg durch die Vertragsabteilung. Das Großraumbüro war bereits verwaist, doch an der Seite schloss Yvonne Meininger gerade ihr Einzelbüro ab.

»N'Aaabend!« Ibs winkte theatralisch mit dem ganzen Arm. Yvonnes Anblick machte ihn immer ein bisschen nervös. Obwohl sie jetzt mit diesem ältlichen Agenturchef und Porschefahrer zusammen war, sah sie natürlich trotzdem geil aus.

»Na, was machst du denn hier?« Sie kam lächelnd auf ihn zu. Mit diesem Model-Gang und auf hohen Schuhen. Dabei strich sie sich eine Strähne aus der Stirn.

Während sie nebeneinander weitergingen, erzählte Ibs die Parkkarten-Story inklusive Königs Kommentaren. Yvonne lachte und fasste ihm dabei sogar ein-, zweimal an den Unterarm. Am Abzweig zum Kompetenzzentrum hörten sie hinten vom Flur plötzlich Gebrüll. Yvonne und Ibs blieben stehen.

»Was ist denn da los?« Yvonne hatte die Stimme gesenkt und wirkte erschrocken.

Ibs zuckte mit den Schultern. »Komm, wir schauen mal nach«, flüsterte er.

Yvonne zögerte, aber dann kam sie doch mit. Einen halben Schritt hinter Ibs. Der genoss jetzt seine Draufgänger-Rolle. Langsam gingen sie den Flur entlang. Alle Büros waren geschlossen, nur Pfeiffers Tür, ganz am Ende, schien offen zu stehen. Jedenfalls fiel Licht auf den Flur und von dort hörten sie auch die Stimmen. Gebrüllt wurde zwar nicht mehr, aber es klang trotzdem zu laut und zu aggressiv.

Gerade als Ibs stehen blieb, dabei Yvonnes Hand an seinem Ellenbogen spürte, erschien eine Gestalt im Lichtschein. Allerdings nur die Rückseite, doch an der Stimme erkannten sie Krotz. Der war wohl gerade im Begriff zu gehen, sprach aber weiter vom Türrahmen aus in Pfeiffers Büro.

»... aber das garantier' ich Ihnen: Wenn Sie die weiterhin blockieren, werde ich das Thema beim Vorstand eskalieren!« Jetzt brüllte Krotz fast schon wieder. Er schien verdammt wütend zu sein.

Plötzlich machte er auf dem Absatz kehrt und stapfte los. Vorbei an Yvonne und Ibs, die gar nicht mehr reagieren konnten, er offensichtlich aber gar nicht richtig wahrnahm. Zum Glück, dachte Ibs hinterher, denn die Frage, was sie hier zu suchen hatten, hätte er auf die Schnelle bestimmt nicht beantworten können.

Kurz sahen sich Ibs und Yvonne in die Augen. Dann fasste er ihren Arm und sie traten den Rückzug an. Zunächst mit kleinen, vorsichtigen Schritten, dann immer schneller, bis sie fast rennend den Hauptgang erreichten. Erst um die Ecke machten sie Halt. Yvonne hatte schon auf den letzten Metern zu kichern begonnen. Jetzt stellte sie ihre Tasche ab und strich sich mit beiden Händen über Wangen, Ohren und durch die Haare.

»Puuuh. Das war ja jetzt 'ne richtige Show, oder?« Sie strahlte Ibs an, atmete tief durch und sah super aus.

»Aber echt! Krass!« Sein Herz pochte. Aber er fühlte bereits die aufsteigende Euphorie. War das nicht ein richtiges kleines Abenteuer, das sie da zusammen erlebt hatten? Und hatte es nicht auch etwas Beruhigendes, dass Pfeiffer, allen Leitlinien zum Trotz, anscheinend dasselbe Arschloch war?

GRUPPENZWANG

Mahlzeit! Dürfen wir uns noch zu Ihnen setzen?«

Schlag zwölf war die Kantine immer gut gefüllt und es gab keine freien Tische mehr.

»Aber klar doch. Für zwei junge Männer habbe mir immer Platz, oder Manuela?«

Alexander und Ibs lachten, stellten ihre Tabletts ab und setzten sich zu den Damen aus der Buchhaltung. Simone Wolf, Mitte fünfzig und für ihr Gewicht deutlich zu klein, hatte natürlich das Schnitzel genommen. Genau wie Alexander, dessen »Salat-Vorsatz« oft nur bis zur Essensausgabe hielt. Die eigene Willensschwäche kommentierte er jedes Mal mit: »Scheiß drauf!«

Frau Wolf war die gute Seele der Buchhaltung, kompetent, kollegial und meistens gut gelaunt. Ihre Standard-Essensbegleitung war Manuela Kovacic, Typ osteuropäische Schönheit, nach wie vor blond und vermutlich zehn Jahre älter, als sie aussah.

»Sind Sie auch Vegetarier?« Frau Kovacic lächelte Ibs an. Bei ihr wirkte das immer gleich ein bisschen erotisch.

»Nur wenn Sie mich dann lieber mögen!« Ibs grinste. In solchen Momenten war er dankbar, dass ihm meistens ein guter Spruch einfiel. Tatsächlich hatte er sich heute für den Falafel-Teller entschieden. Zumal ihm der auch wirklich schmeckte. Außerdem war sein Wochenende ohnehin zu fleischlastig gewesen. Da musste die nächsten Tage gegengesteuert werden.

Frau Kovacic erzählte von ihrem Hund und wie ihn das Streusalz an den Pfoten schmerzte. Am Sonntag hatte es leicht geschneit. Eigentlich nicht der Rede wert, bereits nach zwei Stunden war aller Schnee wieder verschwunden. Aber natürlich hatten viele gleich bei den ersten Flocken ihre Bürgersteige gestreut. Der übereifrige Winterdienst war ein Thema, bei dem sich Ibs richtig hineinsteigern konnte.

»Diese Streuerei geht mir so auf den Sack!«, platzte es aus ihm heraus. »Nur, weil die alle die Buxe voll haben, es könnte sich vor ihrem Haus mal einer die Knochen brechen und sie dann vors Verfassungsgericht schleifen.«

Frau Wolf stellte kurz das Kauen ein, Alexander grinste und Frau Kovacic sah ihn belustigt an. Ibs guckte in die Runde.

Vielleicht war jetzt eine kleine Erklärung ange-
bracht, dachte er: »Meine Studenten-WG war in so
einem Mietshaus, mit acht oder zehn Parteien. Ab
November hängte die Hausverwaltung eine Win-
terdienst-Liste auf. In die sollte man einen Strich
machen, wenn man Schnee gefegt hatte. Kurz vor
Weihnachten hatte jede Partei, außer uns, mindestens zwei Striche, obwohl es noch an keinem
einzigen Tag wirklich geschneit hatte. Dafür lagen
auf dem Gehweg fingerdick Sand und Salz.«

»Des kann ich mir vorstelle«, sagte Frau Wolf.
»Und wenn's irgendwann mal tatsächlich schneit,
hatte die ja schon alle ihre Striche.«

»Genau. Deshalb war die Liste auch ganz plötzlich spurlos verschwunden.« Ibs grinste und schob
sich ein Stück Falafel in den Mund.

»Aber Sie habbe recht. Bei mir in der Nachbar-
schaft habbe am Sonntag auch alle die Bese ge-
schwunge.« Frau Wolf nickte mit dem Kopf ihrem
Satz nach.

»Wir sind auch vom Gekratze aufgewacht. Meine Frau hätte mich dann am liebsten gleich raus-
geschickt«, sagte Alexander und fasste sich an
die Stirn. »Ich hab' aber zu ihr gemeint, dass ich
am Sonntag ganz bestimmt nicht auch noch um
sechs aufstehe. Und als ich schließlich um acht
den Rollladen hochgezogen hab', war eh nur noch
der Rasen weiß.«

Frau Kovacic tupfte sich den Mund mit der Serviette und lächelte Ibs an. »Ich finde ja auch, dass Sie recht haben. Aber man kommt sich schon auch ein bisschen komisch vor, wenn um einen herum alle die Gehwege kehren und man selbst ist die Einzige, die es nicht tut.«

Ibs nickte und unterdrückte den Impuls, »scheiß Gruppenzwang!« heraus zu blaffen. Stattdessen blickte er Manuela Kovacic an und lächelte zurück. Die musste früher echt der Kracher gewesen sein, dachte er. Eigentlich sah sie ja immer noch super aus.

»Ja, des ist halt dieser scheiß Gruppezwang!«, sagte jetzt Frau Wolf.

Alle drehten die Köpfe zu ihr, während sie zwei, drei Pommes aufgabelte und genüsslich im Mund verschwinden ließ.

»Das stimmt!« Alexander kommentierte als Erster. »Einer rennt los und die anderen hinterher. Das muss irgendwas Evolutionäres sein. In der Gruppe fühlt man sich sicherer. Ich sag nur: Säbelzahntiger!« Dabei hielt er sich Messer und Gabel an den Mund.

Frau Kovacic und Ibs lachten. Frau Wolf auch, mit geschlossenem Mund und dicken Backen. Der ganze Körper vibrierte.

Ibs fiel eine weitere Situation ein, bei der er regelmäßig am Verstand der anderen zweifelte: »So ähnlich ist es auch am Flughafen, wenn alle am Gate warten. Sobald sich am Schalter irgendwas tut, springen die meisten auf und stellen sich an. Oft steht das Flugzeug noch nicht mal draußen. Als ob man sie sonst vergessen würde. Dabei hat eh jeder seinen festen Platz.«

»Außer bei Ryanair!«, klugscheißerte Alexander.

»Von mir aus. Selbst schuld, wenn du immer *low-budget* fliegst!« Ibs tat genervt.

Frau Kovacic lächelte ihn wieder an und er automatisch zurück.

»Das hat aber vielleicht auch etwas mit dem Stauraum für das Handgepäck zu tun«, meinte sie jetzt. »Wenn man erst zum Schluss einsteigt, sind die Fächer oft schon voll.«

Sie hatte etwas Entwaffnendes. Das musste er zugeben und das gefiel ihm.

»Vor ein paar Jahren war ich mal mit meim Mann im Theater«, setzte Frau Wolf nun an. Sie war mit dem Essen fertig und legte das Besteck auf dem Teller ab. »Also wir sind schon öfter im Theater, aber des Stück war ganz furchtbar. Ich glaub', irgendwas von Beckett. Nach einer halbe Stund' hab ich zu meim Mann gemeint: ›Komm, wir gehe.‹ Zuerst hat er sich ned getraut, aber dann bin ich einfach aufgestande. Da musst er wohl oder übel mit. Wir habbe drausse im Foyer noch was getrunke, aber Sie glaube gar ned, wie viele Leut gleich nach uns auch aus der Vorstellung geflüchtet sind.«

Alle nickten und schmunzelten.

»Ja, klar. Einer muss halt vorangehen, der Rest stolpert hinterher. Führer befiel, wir folgen!«, sagte Alexander und grinste.

Ibs zog Luft durch die Zähne und schlug die Hände vors Gesicht, aber den beiden Frauen gefiel es. Sie lachten über Alexanders Analyse.

»Ein Freund von mir arbeitet bei einem Chemieunternehmen«, begann Ibs eine Anekdote von Stefan zu erzählen. »Nur Männer in der Abteilung und alles stockkonservativ. Bis auf ihn verlässt abends keiner vor acht das Büro. Selbst wenn die schon seit zwei Stunden nix mehr zu tun haben und daheim Frau und Kinder warten. Jeder will vor den anderen als ›Ober-Schaffer‹ dastehen und nicht als Weichei. Das sind die gleichen Typen, die als Neujahrsvorsatz immer ›mehr Zeit mit der Familie‹ angeben.«

»So was ist echt armselig!«, meinte Frau Wolf. »Aber des gab's bei uns in der Abteilung auch mal. Da warst du noch ned bei uns, Manuela.« Sie blickte zu Frau Kovacic, die mit dem Kopf schüttelte. »Damals war der Merkhofer noch Chef. Der hatte auch kein Soziallebe und gemeint, seine Gruppeleiter müsste auch keins habbe. Von dene ging dann auch keiner mehr früh heim. Na ja, des ware aber auch alles so Duckmäuser. Ist heute ganz annersd!«

Jetzt lachten wieder alle. Frau Wolf war letztes Jahr selbst zur Gruppenleiterin befördert worden.

Ibs hatte über solche Verhaltensweisen und Zwänge schon oft nachgedacht. Es war verrückt, wie viele Menschen jeden Mist mitmachten oder mit sich machen ließen. Dabei hatten natürlich immer alle ihre guten Gründe, die ihnen anscheinend gar keine andere Wahl ließen.

»Na ja, letztlich muss hier aber keiner etwas tun, was er nicht tun will«, sagte er jetzt. »Jeder ist für sich selbst verantwortlich und kann deshalb auch keinem anderen die Schuld dafür geben, was er tut. Oder eben nicht tut!«

Die anderen schauten ihn an. Frau Kovacic lächelte.

»Ist doch so!«, redete er weiter, nur schneller als vorher. »Immer diese Ausreden: mein Job, mein Chef, meine Familie, meine Fixkosten. Natürlich hat alles seinen Preis. Aber am Ende hat man immer die Freiheit, sich zu entscheiden. Und wir leben hier nicht mal in einer Diktatur. Aber selbst ein Mauerschütze in der DDR hätte die Freiheit gehabt, nicht zu schießen. Oder wenigstens danebenzuschießen!«

Die anderen schauten ihn immer noch an. Frau Kovacic lächelte.

»Amen!« Alexander brach das Schweigen. »Gehen wir noch einen Kaffee trinken?«

Frau Wolf zierte sich und fing an, etwas von Problemen beim Rechnungslauf zu erzählen, als Ibs sie unterbrach. »Ach was, Sie kommen jetzt mit! Wir trinken jetzt noch alle zusammen einen Kaffee *Bei Jochen* und ich zahl'. Keine Widerrede. Gruppenzwang!«

Da musste auch Frau Wolf lachen. Gut gelaunt stellten sie ihre Tabletts auf das Förderband und verließen die Kantine. Ibs ging hinter den anderen her. Draußen, auf dem Weg zu Jochens Kiosk, der gegenüber ihrem Gebäude stand, ließ sich Frau Kovacic ein paar Schritte zurückfallen und hakte sich bei ihm unter.

»So, so, nicht nur Vegetarier, sondern auch Existenzialist!« Sie sah ihn herausfordernd an.

Ibs fühlte sich ertappt. Vielleicht war es eben doch ein bisschen mit ihm durchgegangen? Er spürte, wie seine Wangen rot wurden. Die darf man echt nicht unterschätzen, fand er.

»VHS-Einführungskurs. Haben Sie gleich gemerkt, oder?« Das war jetzt wieder gut, freute er sich.

Sie lachte und drückte seinen Unterarm. »Ist der Kaffee auch Gruppenzwang oder kann ich stattdessen einen Cappuccino haben?«

Ibs grinste und versuchte, ihrem Blick standzuhalten. »Also gut, von mir aus. Cappuccino geht auch!« Wahrscheinlich war sie doch nicht so viel älter als er.

KLASSENTREFFEN

Ibs saß auf dem Balkon und nippte an seinem Rotwein. Ein Buch lag aufgeschlagen auf dem Tisch. Weit gekommen war er nicht. Auch drei Tage nach dem Abi-Treffen gingen ihm noch so viele Bilder durch den Kopf, die seine Konzentration schnell abschweifen ließen. Vor allem natürlich wegen Diana.

Schon nach dem letzten Treffen vor fünf Jahren war er in eine seltsam träumerische Stimmung verfallen. Diesmal schien es wieder so zu sein. Als »Melancholie-Loch« hatte er es gestern selbst bezeichnet, als er mit Stefan telefonierte und sie sich über die Eindrücke des vergangenen Samstags austauschten.

Die Einladung für das Treffen hatte er vor vier Monaten bekommen, »Save the date!« stand in der Betreff-Zeile. Ibs dachte zuerst an eine Werbemail vom Autohaus, Tag der offenen Tür oder etwas in dieser Art. *Aber dann erkannte er im Absender Thomas, den ehemaligen Mitschüler, und freute sich. Denn an das letzte Wiedersehen mit dem Abi-Jahrgang erinnerte er sich nach wie vor gerne, und obwohl das wohl vielen so ging, musste sich erst wieder einer finden, der ein neues Treffen organisierte. Ibs sagte sofort zu.*

Gleich danach rief er Christina und Stefan an, seine besten Freunde seit der Schulzeit, und spekulierte mit ihnen, wer wohl alles kommen würde und wer eher nicht.

Je näher der Termin rückte, desto häufiger dachte er an einzelne Mitschüler oder fielen ihm Szenen des letzten Abi-Treffens ein. Ob er mit Björn wieder über die gleichen Sachen wie früher lachen konnte? Ob Micha weiter zugelegt und noch weniger Haare hatte? Ob Karin ihn nach wie vor mochte und Timo keine Ironie verstand? Ob Jörg noch so still war und Uwe zu viel redete? Und natürlich, ob Sabine immer noch so schön, aber ein bisschen langweilig war, und Diana und Kim noch so ... atemberaubend?

Unten röhrte ein Auto mit kaputtem Auspuff. Ibs stellte sein Glas ab. Im Grunde wusste er ja, was ihn so nachdenklich machte. Das Wiedersehen mit den ehemaligen Mitschülern brachte natürlich jede Menge Gefühle und Stimmungen aus der Abi-Zeit zurück. Die große Freiheit, die sie alle

144

spürten. Die Pläne, die jeder hatte und an deren Umsetzung keiner zweifelte. Die Zusammengehörigkeit und Nähe. Die schönen, rauschhaften Momente und die peinlichen, für die er sich sogar heute manchmal schämte. Die verpassten Chancen und kleinen Triumphe. Aber auch die unvermeidlichen *Hätte-Wäre-Wenn-Fragen*: Hätte er bei Diana vielleicht doch landen können, wenn er mutiger gewesen wäre? Wäre er heute zufriedener, wenn er etwas anderes studiert hätte? Oder überhaupt nichts? Hätte er ein Jahr lang um die Welt reisen sollen, statt bloß vier Wochen mit Interrail bis Portugal? Und schließlich blieb natürlich die schlichte Einsicht, dass einem die Welt heute nicht mehr ganz so offen stand, wie es während des Abis schien.

Als er die Terrasse des italienischen Restaurants betrat, das Thomas für den Abend gebucht hatte, standen dort bereits einige Leute locker beieinander. Zuerst erkannte er Jürgen, Thomas und Antje, nach und nach auch die anderen. Karin drehte sich um, sah ihn und strahlte. Sie trafen sich auf halbem Weg und umarmten einander.

»Ach, mein Ibsi!« Karin lehnte ihren Oberkörper nach hinten, um ihn genauer zu betrachten. Dann küsste sie ihn auf die Wange.

Innerhalb der nächsten halben Stunde füllte sich

die Terrasse. Minütlich trudelte jemand ein, wurde gewunken und lag man sich in den Armen. Ein lautes, fröhliches Stimmengewirr. Dazu passten die angenehmen Temperaturen, denn zum Glück war die erste Hitzewelle des Sommers vor ein paar Tagen zu Ende gegangen.

Ibs fühlte sich wohl. Beim Anblick der ehemaligen Weggefährten, selbst jenen, mit denen er nie viel zu tun gehabt hatte, empfand er Verbundenheit und echte Freude.

In diesem Moment war ihm dieses Gefühl als das Normalste der Welt erschienen. Aber auf der Rückfahrt mit Christina und im gestrigen Telefonat mit Stefan erfuhr er, dass es nicht so war. Im Gegensatz zu ihm hatte Stefan das Treffen nämlich sehr viel nüchterner erlebt und war wegen mancher Begegnung regelrecht enttäuscht gewesen.

Jetzt, auf seinem Balkon, dachte er an Marc. Marc war immer einer der sportlichsten gewesen und alles schien ihm leicht zu fallen. Früher die Mädchen und die Schule, später auch die Karriere. Obwohl keiner von diesen »Surfer-Sunny-Boys«, umgab ihn eine positive, gelassene Aura, die ihn bei allen beliebt machte, ohne dass er einer bestimmten Clique angehört hätte. Gleichzeitig war er der Einzige des Jahrgangs, den Ibs ein bisschen bewundert und manchmal sogar beneidet hatte.

Am Samstagabend nahm Marc, lachend und mit leuchtend rosa T-Shirt bekleidet, die wenigen Stufen zur Terrasse vorsichtig, Schritt für Schritt. Rechts stütze er sich auf einen Gehstock, mit dem linken Arm hatte er sich bei Lisa eingehakt. Ibs bemerkte, dass andere die Szene ebenfalls beobachteten. In diesem Moment stand Thomas neben ihm und berichtete, auf seinen fragenden Blick hin, von Marcs Multiple-Sklerose-Erkrankung.

Tatsächlich hatte er Thomas wohl ziemlich schockiert angeschaut und der dann bedauernd die Schultern gehoben. Aber später saß er mit Marc zusammen an einem Tisch und fragte ihn nach anfänglichem Zögern doch, wie es ihm gehe und was das alles nun für die Zukunft bedeute. Marc war sehr entspannt, eigentlich wie früher. Die Diagnose habe er bereits vor langer Zeit erhalten, aber erst seit ein paar Jahren schränke ihn die Krankheit wirklich ein. Natürlich hätten sich dadurch viele Prioritäten verschoben. Zum Beispiel sei so etwas wie Karriere für ihn überhaupt kein Thema mehr. Stattdessen arbeite er jetzt nur mehr halbtags und nutze die Zeit lieber für Dinge, die ihm wirklich Spaß machten. Schließlich wisse er nicht, wie viele einigermaßen gute Jahre ihm noch blieben. Viel mehr als das schlechte Gehen nerve ihn sowieso die häufige Erschöpfung und Antriebsschwäche.

»Merkt man dir aber gar nicht an«, sagte Ibs.

Marc lachte. »Na hoffentlich! Das bringt ja auch keinem was, deshalb depressiv rumzuhängen. Natürlich ist das alles scheiße, aber das Leben geht trotzdem weiter und ist trotzdem oft schön.« Und nach einer kurzen Pause fuhr er fort: »Weißt du, Ibs, ich sag mir oft, jeder kriegt irgendwann seinen Sack auf die Schultern gepackt, mit irgendeinem Scheiß drin, und das ist halt jetzt meiner.«

Plötzlich legte Kim von hinten eine Hand auf Marcs Schulter und wuschelte ihm mit der anderen durchs Haar. »Na, alter Mann, soll ich dir noch mal was zu trinken bringen?«

Marc drehte lächelnd den Kopf, drückte ihr einen Kuss auf die Hand und bestellte einen Gin Tonic. Beide blickten sie ihr auf dem Weg zum Tresen hinterher. Sie sah noch immer super aus.

»Siehst du, hat auch Vorteile, behindert zu sein!« Marc grinste und hob die Hand zur hohen Fünf. Ibs schlug ein. Er bewunderte ihn immer noch, nur beneiden tat er ihn nicht mehr.

Diana traf er erst in der Schlange am Buffet. Ein Großteil von Ibs' Aufregung vor dem Treffen war ihr geschuldet. Zu Abi-Zeiten hatten so ziemlich alle Jungs von ihr geträumt, bis auf die Nerds vom Physik-LK natürlich. Auch Ibs' und Stefans Gespräche hatten sich gefühlt tausendmal um sie gedreht. Zusammen mit Kim war Diana das heißeste Mädchen der Schule gewesen. Im Grunde machte sich Ibs damals keine Illusionen, dass die beiden nicht in seiner Liga spielten, besser gesagt: er nicht in ihrer! Aber während Kim eine Aura der Überlegenheit und Unnahbarkeit umgab, bei der sie sich alle unweigerlich wie kleine Jungs fühlten, schenkte einem Diana hin und wieder einen koketten Augenaufschlag, ein Lächeln oder eine Berührung.

Vielleicht war Ibs sogar derjenige von ihnen, der ihr einmal am nächsten sein durfte? Am Ende einer Party, im Keller eines Mitschülers, saßen sie nebeneinander auf dem Boden, Schulter an Schulter. Damals saß man immer auf irgendwelchen Kissen auf dem Boden. Ibs erinnerte sich, wie ihnen beiden vor Müdigkeit schon die Augen zufielen. Plötzlich lehnte Diana ihre Stirn an seine und irgendwie begann er sie zu küssen. Die Stirn zuerst, dann die Wange, schließlich ihren Mund. Und Diana ließ es nicht nur geschehen, sondern küsste ihn zurück. Ganz leicht nur, aber Ibs fühlte jeden Millimeter ihrer Lippen. Für ihn hätte das ewig so weitergehen können, wie im Traum, aber irgendwann schienen sie doch eingeschlafen zu sein, und als er in der Früh erwachte, waren nur noch Björn und ein paar andere Gestalten da. Die Luft roch abgestanden und seine Haare fühlten sich fettig an.

So nahe waren sie sich danach nie mehr gekommen. Diana verhielt sich ihm gegenüber wie immer, *mal lächelte sie ihm zu oder verglich ihre Mathe-Lösungen mit seinen, mal ging sie mit anderen auf einem der Flure an ihm vorbei und es reichte nur für ein beiläufiges »Hallo«. Für sie war es vermutlich ohne jede Bedeutung gewesen, dachte er, einfach nur eine Laune des Augenblicks und schon vergessen. Und er hätte nie den Mut aufgebracht, noch einmal einen Vorstoß zu wagen. Lieber wollte er die Magie dieser Nacht bewahren, als sie mit einer Zurückweisung zu entzaubern.*

Diana sah noch immer ziemlich gut aus, aber die Erotik von damals war weg. Ungeschminkt, mit kurzen Haaren, Sandalen und dem Batikkleid erinnerte sie Ibs an die Muddis, die ihre Kleinen morgens zum Montesori-Kindergarten in seiner Straße brachten. Früher trug sie fast nur hohe Schuhe. Allein ihr Gang haute ihn um und die engen Hosen gaben ihm den Rest.

Zum Essen hatten sie sich zu Elvira, Antje und Nicole gesetzt. Dianas und Elviras Kinder gingen auf dieselbe Schule und schnell drehte sich das Gespräch um Unterrichtsausfälle und verlegte Bushaltestellen. Ibs war dankbar, als ihn Jürgen und Timo zu sich an den Tresen winkten.

Zusammen mit Christina trat er am Tag nach dem Abi-Treffen wieder die Rückfahrt an. Sie wohnte auf halber Strecke und er hatte sie gestern Vormittag eingesammelt, um gemeinsam in die ehemalige Heimat zu fahren.

»Nee, also damit konnte ich irgendwie gar nichts anfangen!« Christina lachte und schüttelte den Kopf.

Ibs sah sie aus dem Augenwinkel an und grinste. Gerade ging es um Viktoria, die nach der Schule beim Auswärtigen Amt gelandet war und gestern Abend aus ihrem Diplomatenleben erzählte.

»Also ich fand das alles ganz witzig. Klar ist die immer im Repräsentationsmodus. Den kann man nicht einfach mal so abstellen – aber das hatte doch auch etwas ›Damenhaftes‹, findest du nicht? Eine Frau von Welt! Allein schon was sie anhatte.« Ibs wusste, dass er Christina damit provozierte, der man mit solchen Äußerlichkeiten nicht zu kommen brauchte.

»Pfffff!«, prustete sie gleich heraus und lachte erneut. »Dass dir dieses Kostümchen gefallen hat, war ja klar.« Jetzt schüttelte sie aufs Neue den Kopf.

Auch sonst hatten sie das gestrige Treffen ziemlich unterschiedlich erlebt. Während Ibs bereits Wehmut anflog, die meisten Leute wohl erst in ein paar Jahren wiederzusehen, wollte Christina beim nächsten Mal eher absagen.

»Ich hatte halt nie so viel mit den Leuten zu tun wie du«, meinte sie. »Bei dir ist das anders. Du, oder auch Marc, ihr kamt ja schon damals mit fast allen gut aus. Das hat man gestern Abend wieder gemerkt.«

Ibs schmunzelte. Denn natürlich hatte sich Christina trotzdem den ganzen Abend unterhalten und deshalb konnte sie nun ein paar seiner Wissenslücken schließen. So hatten sie es vorher auch mit Stefan abgemacht. Jeder von ihnen hatte sich ins Getümmel stürzen sollen, um hinterher die Infos auszutauschen.

Björn war fast nicht wiederzuerkennen. Früher durchtrainiert und mit gestylter Waver-Frisur, ähnelte er heute dem »Dude« aus The Big Lebowski, *mit langen Haaren, Grunge-Bart und ordentlicher Körperfülle. Dazu trug er ein schwarzes* Maiden-T-Shirt, *schwarze Bermudas und schwarze Chucks. Sie hatten sich schon immer gut verstanden, obwohl sie einander eigentlich kaum kannten. Das gab es mit manchen Menschen, überlegte Ibs später. Man sieht sich selten, weiß wenig voneinander und doch fühlt man sich irgendwie verbunden. So war es mit Björn. Björn erzählte ihm von seinem Burn-out und wie ihm seine Familie dabei half, wieder auf die Beine zu kommen. Seither habe er vieles verändert. Heute ruhe er in sich und habe wieder Spaß am Leben. Das nahm man ihm sofort ab.*

»Hast du dich schon mit Marc unterhalten?«, fragte ihn Ibs jetzt.

»Mit dem hab' ich tatsächlich öfter Kontakt. Hat sich mal zufällig ergeben und gibt da ja auch einige Parallelen ...« Björn grinste und prostete Ibs mit seiner Bierflasche zu.

Irgendwann stellte sich Uwe zu ihnen und begann von seinem bevorstehenden Wacken-Besuch zu erzählen. Ohne Punkt und Komma, wie früher. Ibs fiel erst jetzt Uwes Metallica-T-Shirt auf. Die Kombi war natürlich ein Brüller für sich: Rechtsanwalt Uwe und die »Wall-Of-Death«! Erst später gestand ihm Björn, dass er natürlich ebenfalls nach Wacken fahre, aber dort auf keinen Fall Uwe an den Hacken haben wolle.

Als Uwe aufs Klo musste, nutzten sie die Gelegenheit für einen Stellungswechsel. Sie gingen zu Micha, der gerade hinter einem Tisch Platz nahm, von wo aus ein Projektor die Abi-Bilder an die Wand gegenüber beamte. Wie jung sie alle ausgesehen hatten, staunte Ibs. Micha hatte nun tatsächlich eine Vollglatze. Stand ihm aber gut, nur zwanzig Kilo weniger hätten es sein dürfen. Ibs saß zwischen den beiden auf der Eckbank und kam sich wie ein Hänfling vor. Alle hatten sie eine Bierflasche in der Hand, schauten den wechselnden Bildern zu und tauschten Erinnerungen aus *oder fragten nach dem Verbleib des Einen oder Anderen.*

»Na, ihr seht ja aus wie in der Flensburger-Werbung!« Lisa stand plötzlich vor ihnen und lachte. Aber sie hatte auf ganzer Linie recht. Dynamisch war anders.

Die Fotos waren fast alle schwarz-weiß. Damals hatten einige die Fotografie für sich entdeckt, und zur Abgrenzung von den Amateurknipsern gehörten, neben der Spiegelreflexkamera, die Schwarz-Weiß-Filme. Mit schwarz-weiß war man gleich in der Kunstecke – und die war prinzipiell gut.

Ein Fotograf bestimmte letztlich, wer fotografiert wurde. Je nach Gruppenzugehörigkeit gab es von einigen, wie zum Beispiel Björn, sehr viele Bilder, dafür von anderen, den weniger Angesagten, fast gar keine. Ibs war häufiger vertreten, als er dachte, aber natürlich weit hinter Sabine, Kim, Diana oder Lisa. Schönheit fotografierte eben jeder gerne.

Dann war ein Bild von Lars zu sehen. Lars lebte nicht mehr, er hatte sich mit siebenundzwanzig Jahren umgebracht.

»Oh Mann, das ist so traurig.« Micha schüttelte den Kopf.

»War einer von euch mal an seinem Grab?«, fragte Ibs.

Björn und Micha verneinten.

»Ich weiß ja nicht mal, ob er überhaupt beerdigt

wurde«, meinte Björn. »Ich habe es auch erst ein oder zwei Jahre später mitbekommen, dass er tot ist.«

Es stimmte. Schon während der Schulzeit war Lars ein Einzelgänger. Ibs konnte sich nicht erinnern, dass irgendwer mit ihm näher bekannt, geschweige denn befreundet gewesen wäre.

Ihre Betroffenheit überdauerte noch die Fotos von Matthias, Christopher und Andrea, bis Kim wieder an die Wand projiziert wurde, diesmal rauchend und mit halboffenen Lippen. Und wie die Male zuvor, stießen sie synchron die Luft aus.

»Oh Mann!« Erneut schüttelte Micha den Kopf. »Die sah so geil aus!«

»Sieht!«, verbesserte Björn.

Viele Bilder gab es auch von Ulf, obwohl er selbst zu den Fotografen zählte. Vielleicht gerade deshalb? Ulf hatte nach dem Abi und Wehrdienst im Rathaus gearbeitet, war aber seit ein paar Jahren wegen chronischer Rückenschmerzen frühpensioniert.

»Das ist echt die ab-so-lu-te Hölle!«, wusste Micha, der sich mit Ulf regelmäßig traf. »Deshalb läuft der hier den ganzen Abend pausenlos rum. Der kann vor lauter Schmerzen kaum sitzen!«

Das musste man zum besseren Verständnis wissen. Auf alle anderen wirkte Ulf mit seinen langen, glatten Haaren wie ein Gespenst, das halb zuge-

kifft, halb betrunken vorbeischwebte und dessen Anblick die meisten sichtlich irritierte.

Ibs schaute Björn an. »Gibt bei uns jetzt echt schon den ein oder anderen Einschlag?!«

»Auf jeden!« Björn nickte und nahm einen Schluck aus seiner Bierflasche.

Aber bevor Ibs ins Grübeln geriet, erschien bereits das nächste Foto und sofort gaben seine Nachbarn Laute der Bewunderung von sich. Auf dem Foto war Diana zu sehen, schön wie immer. Sie saß auf Ibs' Schoß, hatte ihre Arme um seinen Hals gelegt und blickte ihm verführerisch in die Augen.

»Wo war das denn?«, stieß Björn jetzt aus, ohne den Blick von der Wand zu nehmen.

»Respekt!«, raunte Micha.

Erst als Diana von Guido und Jürgen abgelöst wurde, entspannten sie sich wieder. Ibs selbst allerdings nicht. Er hatte überhaupt keine Erinnerung an diese Szene, dabei hätte die ihm damals mit Sicherheit den Verstand geraubt. Seltsam war das. Seltsam, aber schön.

»Jetzt schau halt nicht so verträumt!«, riss ihn Björn aus seinen Gedanken und grinste blöd.

Sie blieben noch ein paar Minuten sitzen, bevor sie sich wieder unter die anderen mischten.

Wieder zu Hause, holte Ibs seine Fotokiste aus dem Regal. Aber von der Abi-Zeit hatte er so gut wie nichts. Kein Wunder, weder gehörte er zu den Fotografen noch gab es damals Fotodateien, die man hätte kopieren können. Er fand nur ein paar Bilder von Christinas neunzehntem Geburtstag und einer Paddeltour mit Stefan und Guido. Die Tour war eine echte Schwacho-Aktion gewesen. Bei strömendem Regen waren sie losgefahren, gleich am zweiten oder dritten Wehr gekentert und hatten das restliche Wochenende im Zelt gehockt, weil es ununterbrochen geregnet hatte und ihre nassen Klamotten nicht trockneten.

Um zwei Uhr früh hatten sich die Reihen deutlich gelichtet. Kein Wunder, die wenigsten waren es noch gewohnt, um diese Zeit wach zu sein. Aber die Temperaturen spielten nach wie vor mit und die letzten elf oder zwölf saßen um einen großen Tisch auf der Terrasse und nur Diana, Lisa und Sabine hatten eine leichte Jacke übergeworfen.

Es wurde jetzt wenig und wenn, nur leise gesprochen. Die meisten schauten gedankenverloren vor sich hin und nippten an ihren Drinks. Bis Ingo der Runde noch einmal Leben einhauchte. Mit seinem Smartphone spielte er einige Songs von damals kurz an, die sie zu zweit oder zu dritt erraten sollten. Ibs kannte das von seinen Pub-Quiz-Abenden, dort gab es auch immer eine Musikrunde.

Diana stand von ihrem Platz neben Timo auf

und setzte sich zu ihm und Björn. »Ihr zwei könnt das doch bestimmt, oder?« Dabei fasste sie Ibs am Handgelenk.

Zum ersten Mal an diesem Abend sah er ihr richtig in die Augen, und je länger er es tat, desto mehr erinnerte sie ihn an früher. Diana hielt seinem Blick stand und begann zu lächeln. So, als wüsste sie in diesem Moment um jeden seiner Gedanken.

Tatsächlich behielt sie recht: Björn und er ergänzten sich perfekt. Während Ibs die Pop- und Wave-Fraktion mit New Order und Co. schon nach den ersten Takten wusste, bediente Björn die Metal-Schiene um Dio und, natürlich, Maiden. Nur Stefan und Marc konnten einigermaßen mithalten.

Gegen halb vier Uhr früh lag Ibs auf dem Bett im Gästezimmer seiner Eltern. Vor dem Restaurant hatten sie sich noch einmal alle umarmt und einander das Beste gewünscht. Jedem war klar, dass sie sich frühestens in ein paar Jahren wiedersehen würden. So sehr sie den Abend genossen hatten, so sehr führte mittlerweile jeder sein eigenes Leben, und darin blieb wenig Raum, alte Schulbekanntschaften zu reanimieren.

Obwohl ihm auf der Terrasse zuletzt ständig die Augen zugefallen waren, war er nun wieder hellwach. Dazu hatten die zehn Minuten auf dem Rad bis zum Haus der Eltern offenbar genügt. Jetzt ging ihm das ein oder andere Gespräch durch den Kopf, und einzelne Bilder von heute und damals. Aber eigentlich dachte er vor allem an Diana. Als sie sich bei der Verabschiedung gegenüberstanden und an den Händen gehalten hatten, war er einer plötzlichen Eingebung gefolgt – vielleicht wegen der Müdigkeit oder der vielen Gin Tonics oder ihrer grün-grauen Augen. Jedenfalls zog er sie leicht an sich und küsste sie dann, vorsichtig, auf die Stirn, die Wange und schließlich ihren Mund.

»Wie damals.« Diana lächelte und küsste ihn zurück.

»Das weißt du noch?«, flüsterte er und spürte, wie ihm plötzlich heiß wurde.

»Ja klar, was denkst du denn?« Sie schaute ihn ein bisschen ungläubig an. »Natürlich weiß ich das noch.«

***

—

Die Handlungen und alle handelnden Personen
dieser Geschichten sind frei erfunden. Ähnlich-
keiten mit lebenden oder toten Personen wären
rein zufällig.

—